KB159948

형

원작, 영화 〈형〉
©2016 CJ E&M CORPORATION, ALL RIGHTS RESERVED.

MY ANNOYING BROTHER

각본 유영아 | 소설 원보람

기연

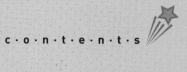

c·o·n·t·e·n·t·s

"이제 곧 60킬로그램 급 결승전이 열리겠습니다. 독일에 칼 마하엘 선수와 한국의 고두영 선수 경기 시작합니다."

경기를 알리는 아나운서의 목소리가 코리아 그랑프리 국제 유도 대회장에 울려 퍼졌다. 장내는 흥분과 뜨거운 열기로 달아오르며 결승 직전의 긴장감이 한껏 고조되었다.

경기장 한쪽 끝에서는 두영이 도복을 매만지며 생각을 집중시키고 있었다. 두영의 훤칠한 외모와 훈련으로 다져진 다부진 몸은 관중들의 시선을 사로잡았다. 그 옆에는 코치인 수현이 자신감 넘치는 얼굴로 두영에게 경기 전략을 확인 중이었다. 두영이 알았다는 듯이 고개를 끄덕이자 수현이 주먹을 불끈 쥐어 보이며 응원했다. 두영의 눈이 매섭게 번뜩이며 단단하게 빛나고 있었다.

경기가 시작되자 두 선수가 경기장으로 입장했다. 심판 앞에 선 두영은 상대인 독일 선수에게 인사를 하고 숨을 훅 내쉬었다. 경기가 본격적으로 시작되자 독일 선수는 두영의 시선을 정면으로 마주보며 기선 제압을 하려는 듯 무섭게 쏘아보았다. 서로 치고 빠지면서 본격적인 신경전에 돌입하는 순간이었다. 두영이 먼저 치고 들어가며 선두를 잡았다. 그러나 독일선수가 예상했다는 듯이 뒤로 물러나며 재빠르게 방어했다.

다시 두 선수의 대치가 시작되었다. 누군가 먼저 틈을 보이기라도 하면 재빨리 이를 드러내고 물어뜯을 것처럼 날카로운 시선이 오고 갔다. 그때였다. 독일 선수가 갑자기 이상한 소리를 내며 두영을 자극했다.

"슈! 슈슛!"

기합이라고 생각하기에는 비신사적인 행동이었다. 독일 선수가 이런 행동을 계속하자 두영이 인상을 팍 찡그리며 신경을 곤두세웠다. 눈가에 주름이 잡히는 순간 이번에는 독일 선수가 파고들면서 두영에게 공격을 시도했다. 두영이 다리에 힘을 주고 버티면서 공격을 받아냈다. 자칫하면 한판이 될 수도 있던 순간이었다. 재빠른 동작으로 상대를 밀어내며 방어에 성공한 두영이 다시 자세를 잡았다. 공격에 실패한 독일 선수도 재빨리 경계선 밖으로 빠졌다.

심판은 다시 손을 들어 두 선수에게 중앙으로 오라는 신호를 보냈다. 결승전답게 잠시 떨어지는 잠깐의 순간조차 긴장의 끈이 팽팽하게 이어졌다. 다시 경기를 재개하자 이번에도 독일 선수가 입으로 괴상한 음을 내며 두영의 신경을 긁었다. 눈빛이 날카로워진 두영이 달려들어 독일 선수에게 다리를 걸었다. 제대로 들어갔다면 뒤로 넘어지면서 점수를 따게 되는 기술이었다. 그러나 독일 선수가 완강하게 버티며 두영의 공격을 무력하게 만들었다. 독일 선수는 오히려 상체에 힘을 실어 앞으로 쏠면서 두영의 어깨를 밀고 몰아붙이기 시작했다.

경기를 지켜보던 수현과 감독이 시선을 주고받았다. 둘은 동시에 독일 선수의 움직임이 이상하다고 느꼈던 것이었다. 수현은 두영을 향해 다급하게 사인을 보내며 소리를 질러댔다. 그러나 두영은 두 발에 꼿꼿하게 힘을 주고 가까스로 버티고 있느라 수현의 외침에 신경 쓸 여력이 없었다. 그때였다. 독일 선수가 다시 기합을 지르며 두영을 메쳐 바닥으로 넘어뜨렸다. 순식간에 벌어진 일이었다. 그러나 한눈에 보기에도 넘어지는 각도가 커서 충격의 강도도 무척 세게 느껴졌다.

쿵. 두영이 바닥으로 떨어지면서 경기장 안에 커다란 소리가 울렸다. 독일 선수를 안고 그대로 넘어지는 바람에 두영의 몸 위로 독일 선수의 무게까지 더해졌다. 순간 두영은 머리가 가장 먼저 바닥에 부딪치며 심한 통증이 뻗치는 것을 느꼈다. 갑자기 스위치를 내린 것처럼 순식간에 소음이 잦아들었고 귀에는 삐 하는 경보음 소리만 가득했다. 정신이 점차 아득해지면서 물에 빠진 것처럼 시야가 뭉그러지고 있었다. 그리고 선명하게 보이던 모든 것들이 멀어지면서 희뿌연 안개가 몰려들었다. 두영은 다시 선명하게 보려고 눈을 깜빡거렸다. 그러나 멀어진 것들은 아예 모습을 감춰버리고, 세상의 빛이 거짓말처럼 눈앞에서 사라졌다.

　수현은 병원 의자에 앉아 벽에 머리를 기댔다. 망연자실한 얼굴에는 어두운 기색이 가득했고, 귓가에는 의사의 말이 생생하게 맴돌았다.

　'외상 시신경 병증입니다. 복싱 같은 과격한 운동으로 인해 안구나 머리에 큰 충격으로 시신경에 손상을 입으면 나타나는 병입니다. 지금도 거의 안 보일 텐데 점점 더 나빠질 거예요. 그러다가 어느 순간에는 완전히 시력을 잃을 겁니다. 안타깝지만 아직까지는 치료방법이 없어요.'

　몇 초도 되지 않는 그 짧은 순간에 이런 끔찍한 일이 생겼다는 것을 도무지 믿을 수가 없었다. 수현이 머리를 벽에 짓이기며 괴로운 표정을 지었다. 할 수만 있다면 다시 돌아가서 기권이라도 시키고 싶은 심정이었다.

쨍그랑! 병실 안에서 병이 깨어지며 산산조각 나는 소리가 들렸다. 자리에서 벌떡 일어난 수현의 얼굴이 잿빛처럼 변했다. 다른 환자들이 기겁한 얼굴로 병실을 뛰쳐나왔다. 수현은 불안한 생각에 병실 안으로 달려 들어갔다.

처음 수현의 눈에 들어온 광경은 붉은 피가 사방에 튄 하얀 병실이었다. 온몸에 소름이 쫙 끼쳤다. 수현은 핏기가 가신 얼굴로 두영을 쳐다보았다. 두영이 손에 날카로운 유리 조각을 쥐고 부들부들 떨고 있었다. 그리고 두영의 손목에서는 피가 끊임없이 흘러내리고 있었다. 수현은 정신이 아찔해졌다.

"두영아!"

수현이 달려가 피가 흐르는 두영의 손목을 부여잡고 지혈을 했다. 그리고 이 끔찍한 상황에서 구해달라는 듯이 소리를 질렀다.

"저기요! 아무도 없나요? 저기요! 선생님 빨리요!"

두영은 목석처럼 선 채 조금도 움직이지 않았다. 텅 빈 상자처럼 어둠이 가득한 두 눈으로 허공을 응시하고 있을 뿐이었다. 수현이 어쩔 줄 몰라 하며 두영의 손목을 짓눌렀다. 힘을 주려고 할 때마다 손이 부들부들 떨렸다. 의사를 기다리는 잠깐의 시간이 기나긴 고통으로 느껴졌다. 수현은 결국 울음을 터뜨리며 애원하듯 말했다.

"두영아 제발……"

두영은 아무것도 듣지 못하는 사람처럼 무표정한 얼굴이었다. 세상의 빛이 사라지는 순간 두영까지 사라진 것 같았다.

1부
절망이라는 어둠

정갈하게 정리된 책상 가운데에는 성경 하나가 놓여 있고 그 앞에 앉은 두식의 얼굴은 사뭇 진지했다. 지그시 감았던 눈을 뜨고 성경을 집어 든 그는 엄숙하게 책을 펼치고 그 안에 가지런히 꽂혀 있던 신문기사를 꺼내 읽었다.

'유도 국가대표 고두영 실명.'

고두영. 너무 오랜 시간이 지난 탓에 낯설게 느껴지는 이름이었다. 그러나 이 기사 덕분에 교도소에서 나갈 수 있을 거라는 생각이 들자 두식은 입가에 씩 미소가 번졌다.

두식은 집어든 기사가 구겨지지 않도록 다시 책 사이에 조심스럽게 끼웠다. 그리고 마치 신주단지라도 되는 양 성경을 부드럽게 쓰다듬고 나서 한눈에 들어오는 자리에 세워두었다.

며칠 후 두식은 접견실이라고 적혀 있는 문 앞에서 크게 심호흡을 했다. 결전의 날이었다. 문을 열고 들어가자 익숙한 얼굴의 심사위원들이 일렬로 늘어앉아 서류를 들여다보고 있었다. 두식이 안으로 걸어오며 인사를 건네자 눈을 힐끔거리며 얼굴을 확인하더니 무심한 표정으로 시선을 거두었다. 누구 하나 소리 내어 말하지는 않았지만 이런 말을 하고 있는 듯했다.

'어차피 안 될 거 알면서 사람을 왜 이리 귀찮게 해?'

두식은 오늘은 기필코 다른 결과를 이루리라 생각하며 넙죽 허리를 숙였다. 오른쪽 마지막에 앉은 남자 심사위원이 반감이 가득한 말투로 물었다.

"올해도 신청하셨네요?"

"또 뵙습니다."

남자 심사위원 옆에 있던 여자 심사위원이 기다렸다는 듯이 말꼬리를 낚아채며 말을 이었다. 한 손에는 얼떨결에 받은 광고 전단처럼 두식에 대한 서류를 들고 건성으로 뒤적거리고 있었다.

"가석방이 되신다면 나가서 어떻게 지낼지 계획은 있으신가요? 보니까 별다른 자격증도 안 따신 거 같고."

여자 심사위원이 안경을 밀어 올리며 두식을 바라보았다.

"자격증뿐인가요. 저 같은 놈은 여기서 나갈 자격도 없죠."

두식은 시선을 마주하며 맞장구를 치듯 대답했다. 두식이 스스로를 자책하며 하소연 하자 심사위원들은 이건 또 무슨 전략인지 의심하는 눈길을 보냈다. 두식은 자신이 반성하고 있다는 사실을 좀 더 강조하기로 마음먹고 말을 이었다.

"남의 돈 끌어다 사업한다고 사기나 치고……. 저 때문에 고통 받은 분들 마음을 생각하면 전 형량 채우고도 더 처박혀 있어야 맞습니다."

남자 심사위원이 두식의 손에 쥐어진 성경을 손가락으로 가리키며 끼어들었다.

"그건 콘셉트인가요?"

"그럴 리가요. 사람한테 치던 사기를 하나님한테 칠 순 없지요."

두 손을 들어 보이며 재빠르게 대답했다.

두식은 무릎 위에 성경을 펼치고 고이 끼워둔 신문기사를 꺼내들었다. 심사위원들의 시선이 일제히 두식의 손을 향했다. 두식은 자리에서 일어나 심사위원들이 있는 책상에 신문기사를 올려두고 다시 의자에 돌아와 앉았다.

"유도국가대표 고두영?"

신문기사를 눈으로 훑으며 여자 심사위원이 물었다. 그러자 옆에 있던 심사위원이 신문에 난 고두영의 사진과 두식을 번갈아 쳐다보며 어리둥절한 표정을 지었다.

"근데 이게 무슨?"

"그 아이가 제 동생입니다."

괴로운 표정을 지으며 울먹거리는 목소리로 대답했다. 두식은 간신히 눈물을 참고 있다는 듯이 눈을 크게 깜빡거렸고, 시선을 아래로 내리깔며 어깨를 힘없이 늘어뜨렸다. 그러자 접견실 안에는 잠시 정적이 흘렀다.

두식은 심사위원들에게 연기가 잘 통하고 있는지 눈치를 살피기 위해 시선을 힐끔거렸다. 조금 놀란 기색과 무언가를 곰곰이 생각하는 얼굴. 두식이 거짓말을 하고 있다고는 의심하지 않는 것 같았다.

승산이 있다고 느낀 두식이 다시 눈을 내리깔고 침통한 표정을 지었다.

"제가 하도 못나서 어디다 말한 적도 없어요. 동생한테 폐가 될까봐. 부모님께서 사고로 한날한시에 가시고……."

말끝을 흐리며 두식은 허벅지에 가지런히 올려둔 손을 그러쥐었다. 얼마 전에 본 드라마에서 슬픔을 참으려는 배우의 행동을 참고해 짠 연기전략 중 하나였다. 두식은 숨을 내쉬며 잠시 운을 띄웠다.

"혼자 남은 동생이 이제 눈까지……."

고개를 들어 심사위원을 쳐다보았다. 미리 준비한 말이었는데도 감정 이입이 아주 잘 되고 있는지 두식의 눈에서 한 줄기 눈물이 흘러내렸다.

"저는 나쁜 놈입니다. 당연히 벌 받아야죠. 근데 이 아이 생각이 나서 밥도 안 넘어가고. 교도관분들께 확인해 보시면 아시겠지만, 요즘 통 식사를 못하고 있어요. 실명된 동생은 앞이 캄캄할 텐데. 밥이나 먹는지. 아픈 덴 없는지. 제가 가석방 신청한 이유는 오로지 이 아이 때문입니다."

눈가에 가늘게 주름이 잡힌 여자 심사위원이 손을 올려 입을 가렸다. 두식의 슬픔에 공감한다는 표정이었다. 두식이 원하는 대로 분위기가 흘러가고 있었다. 다른 심사위원들도 감정을 드러내지는 않았지만 가만히 고개를 끄덕이며 안타까워하는 기색이 역력했다.

두식은 슬슬 나갈 수 있겠다는 확신이 들기 시작했다. 이제 방심하지 않고 끝까지 감정을 유지하는 일만 남은 셈이었다. 두식은 다 된 밥에 재를 뿌리지 않도록 성경을 쥐고 연기에 몰입했다. 의자에서 힘없이 일어나 심사위원을 향해 인사를 하고 접견실을 빠져나오는 순간까지 실수는 없었다. 문을 닫는 순간 두식의 입가에는 희미한 미소가 번졌다.

'담장이 이렇게 낮았나?'

두식은 오랜만에 찾아온 집 앞에 서서 고개를 갸웃거렸다. 곳곳에 녹이 슨 대문을 보고 있자니 하루가 멀다 하고 낙서를 하거나 담을 넘나들며 뛰어 놀았던 과거의 기억들이 떠올랐다. 예전에는 담장이 크고 튼튼해 보였는데 지금은 까치발을 들고 가볍게 뛰어오르면 마당 안이 훤히 들여다보였다.

두식은 손에 들고 있던 가방을 어깨에 둘러메고 가슴을 편 다음 크게 심호흡을 했다. 이 집을 나온 날로부터 벌써 수년이 흘렀다. 그리고 그 사이 두식에게는 많은 일들이 있었다. 교도소 밖으로 나와 바깥 공기를 들이마실 때만 해도 자유의 몸이 된 것처럼 마음이 들떠 있었는데 막상 집 앞에 도착하자 선뜻 발을 들이기가 어려웠다. 대문 주변을 서성거리는 동안 미묘한 긴장감이 온몸을 훑고 지나갔다.

손을 뻗어 초인종 버튼을 누르려던 두식은 동작을 멈췄다. 두영이 자신을 반겨줄지 확신이 서지 않았다. 아니, 반겨주길 기대할 수 없다는 것을 누구보다 잘 알고 있었다. 그러나 두식 은 지금 당장 갈 곳도 없었고, 또 두영이 매몰차게 쫓아내지는 않을 거라는 생각도 있었다.

두식이 내지르듯 손가락으로 힘차게 버튼을 눌렀다. 담장 안에서 울리는 초인종 소리가 들렸다. 그러나 요란한 소리에도 집 안에서 대답은커녕 작은 인기척조차 들리지 않았다. 고개를 갸웃거리던 두식이 연이어 버튼을 눌러댔다. 마치 아무도 살지 않는 집처럼 적막한 고요가 이어졌다. 대문을 열려고 몸으로 밀어 봐도 굳게 걸어 잠긴 문은 덜컹거리기만 할 뿐 꿈쩍도 하지 않았다.

두식은 뒤로 물러나 다시 집을 둘러보았다. 안으로 들어갈 방법은 담장을 뛰어넘는 것뿐이었다.

"십수 년 만에 컴백홈 해서 월담이 뭐니, 월담이."

두식이 짜증 섞인 목소리로 투덜거리며 들고 있던 가방을 담장 안으로 집어던졌다. 공중에 포물선을 그리며 날아간 가방이 풀썩 바닥에 착지하는 소리가 들렸다. 두식은 마치 도둑질을 하는 사람처럼 주변을 두리번거리며 사람이 오지 않는 것을 확인했다. 그리고 손을 뻗어 담장 끝을 잡고 몸을 끌어올렸다.

끄응, 하는 신음과 함께 근육이 경련하듯 떨려오고 땀이 흐르기 시작했다. 액션영화에 나오는 배우처럼 훌쩍 뛰어 넘고 싶었지만 현실은 개구리처럼 벽에 달라붙어 끙끙 거리며 온힘을 다해야 했다. 두식은 팔 힘이 풀리기 전에 가까스로 담장 위에 올라앉았다.

한눈에 들어오는 마당과 집은 오래 방치해둔 것처럼 엉망진 창이었다. 잡초처럼 듬성듬성 엉켜있는 풀들과 오랫동안 비바람을 맞은 듯한 평상이 보였다. 창가마다 온통 커튼이 드리워져 있고 인기척이나 불빛도 느껴지지 않아 으스스한 분위기가 흘렀다.

두식은 오랜만에 돌아온 집이 기억과 달리 적막하게 변해 있는 것을 보고 어쩐지 허전한 기분이 들었다. 잠시 멍한 얼굴로 안을 들여다보던 두식은 멀리서 들려오는 행인들 소리에 놀라 담장 안으로 떨어지듯 뛰어내렸다.

"아악! 에이 씨……."

착지하는 순간 힘을 잘못 주었는지 불에 덴 듯 발가락에 통증이 몰려왔다. 두식은 찌릿찌릿한 발을 주무르며 인상을 썼다. 그리고 괜히 애꿎은 발가락에 짜증을 쏟아내며 욕을 퍼부었다.

"풀이 이 꼬라지가 되도록 뭐하고 사는 거야."

두식은 멀찌감치 떨어져 있는 가방을 주워들고 현관을 향해 절뚝거리며 걸어갔다. 문고리를 돌리자 싱겁게 문이 열렸다. 집 안에 들어서자 살갗에 냉기가 훅 끼쳤다. 창가를 가려둔 커튼 때문에 햇볕이 비쳐들지 않아 밤처럼 컴컴했다. 두식이 신발을 아무렇게나 벗어두고 창가로 다가가 힘껏 커튼을 잡아당 겼다. 빛이 쏟아져 들어오며 거실을 환히 비추었다. 창문까지 열자 시원한 바람이 쏟아져 들어왔다.

두식이 숨을 내쉬며 주변을 둘러보았다. 여기저기 물건들이 아무렇게나 어질러져 있고 몇몇 가구들은 조금씩 각도가 어긋 나 있었다. 마치 도둑이라도 들어 한바탕 집을 뒤집어 놓은 것 같았다.

두식이 혀를 끌끌 차며 구시렁거렸다.

"집 꼬라지 봐라."

정리를 해야겠다고 생각한 두식이 한숨을 푹 내쉬며 굳게 닫 힌 방으로 문을 열었다. 순간 온몸에 털이 쭈뼛 서며 소름이 돋 았다.

"엄마야!"

눈앞에 보이는 것은 시체처럼 창백한 유령이었다. 아무 기 척도 없이 움직임도 없이 그저 정지한 채로 굳어 있는 유령. 심 장이 벌렁거리면서 입 밖으로 튀어나올 것처럼 세차게 뛰었다. 두식은 놀란 얼굴로 말을 잇지 못한 채 유령을 뚫어지게 쳐다 보았다. 유령은 다름 아닌 두영이었다.

"너, 고두영이냐?"

두식이 조심스럽게 물었다. 방 안에 가득한 퀴퀴한 냄새가 두식의 코끝으로 밀려들었다. 두식이 인상을 팍 찡그리며 임시방편으로 손가락을 들어 코를 막았다. 그러나 별 소용이 없었다.

아무런 대답이 없는 두영의 모습은 자리를 차지하고 있는 가구들과 별반 다르지 않아 보였다. 빛도 들지 않는 어두운 방구석에 웅크리고 앉아 어딘가 홀린 사람처럼 멍하니 허공을 응시하고 있을 뿐이었다. 두식은 그 모습이 왠지 괴기스러워 어깨를 털었다. 싸한 기분이 등줄기를 스치며 식은땀이 흘렀다. 그러나 갑자기 괘씸하다는 생각도 들었다. 조금 전까지 초인종을 눌러대고 담장을 넘으면서 그렇게 난리를 쳤는데, 두영은 다 알고 있었으면서도 기척도 없이 이러고 있었던 것이었다.

자세를 고쳐 앉은 두식이 눈을 흘기며 쏘아붙였다.

"있으면서 문도 안 열어 줬냐, 개새끼야?"

"……."

두영은 대답은커녕 표정 변화조차 없었다. 허공을 바라보는 텅 빈 눈빛 때문에 컴컴한 곳은 방이 아니라 두영 같았다. 두식은 불편하고 어색한 공기를 느끼며 비꼬듯 내뱉었다.

"아 맞다. 너 장님 됐지."

두영은 장님이라는 소리에도 반응이 없었다. 두식이 몸을 일으켜 창문으로 걸어가 커튼을 열어젖혔다. 그리고 환기를 시키려고 창문을 여는 순간이었다. 두영이 비명처럼 날카로운 목소리로 외쳤다.

"닫아!"

두식은 어이가 없는 표정으로 두영을 쳐다보았다.

방이 환해지자 두영의 얼굴이 선명하게 보였다. 며칠을 이러고 있었는지 덥수룩한 머리와 듬성듬성한 수염, 그리고 거칠거칠한 피부와 심하게 내려온 다크 서클이 어우러져 몰골이 말이 아니었다. 두영은 마치 이곳에 조난당한 사람처럼 보였다. 두식이 두영의 얼굴을 살펴보는 사이 침묵하던 두영이 시선을 돌리지 않은 채 말했다.

"나가."

"지랄."

두식이 콧방귀를 뀌며 두영 앞으로 다가갔다. 그리고 아주 반갑다는 목소리로 말을 이었다.

"오래만이다?"

순간 두영의 눈썹이 꿈틀거리며 미간이 일그러졌다. 두식은 정말 두영이 앞을 볼 수 없게 된 건지, 아니면 희미하게 자신을 보고 있는 건지 알 수가 없었다. 두영의 초점 없는 눈동자가 불안하게 흔들렸다.

"꺼져라."

애써 화를 누르는 듯한 얼굴로 두영이 나지막이 말했다. 두식이 다시 돌아왔다는 사실이 상당히 심기에 거슬린다는 표정이었다. 이번에는 두식이 대꾸를 하지 않고 휙 몸을 돌렸다. 두영이 원하는 대로 집을 나갔다가는 노숙자 신세를 면치 못할 터였다.

"싫은데."

두식은 무미건조하게 대답하고 문을 탁 닫고 나왔다.

거실로 나오자 반대편에는 예전에 자신이 쓰던 방이 보였다. 두식은 수년 동안 주인을 잃은 방이니까 아마 창고 신세가 되었거나 다른 사람들이 쓰는 방이 되었을 거라고 추측하며 성큼성큼 문 앞으로 다가가 별 기대 없이 문을 열었다.

문이 열리자 놀랍게도 예전과 조금도 달라지지 않은 방이 눈에 들어왔다. 잠시 그 시절로 돌아간 것 같은 착각이 들 정도였다. 두식은 어리둥절한 표정으로 방 안을 둘러보았다. 대충 접은 옷을 던져 놓은 가구와 익숙한 침대, 그리고 빈틈을 없애려는 듯이 벽 곳곳에 붙여놓은 세계 유명 기타리스트들의 브로마이드와 책상에 꽂혀 있는 몇 권의 책까지 모두 그대로였다. 이 방안에서는 십오 년 동안 시간이 조금도 흐르지 않은 것 같았다.

꼬르륵, 꼬르륵. 한참 생각에 빠져있는데 두식의 배에서 요란한 소리가 났다. 두식은 박물관처럼 그 모습 그대로 보존되어 있는 방을 두리번거리며 짐 가방을 놓아두었다. 가족이 모여 살던 그 시절처럼 평범한 하루를 마치고 집으로 돌아온 것 같은 기분이 들었다.

부엌으로 나온 두식이 찬장을 뒤적거리자 양은 냄비가 보였다. 물을 받아서 가스레인지 위에 올려두고 라면을 두 개 꺼냈다. 물이 부글부글 거품을 내며 끓기 시작하자 그 안에 라면을 집어넣고 스프를 부었다. 라면이 익어가는 냄새가 코에 스치는 순간 배에서는 더 요란한 소리가 울렸다. 두식은 식탁 위에 냄비받침을 올리고 맛있게 익은 라면을 옮겼다. 김이 올라오는 라면을 후후 불어 입 속에 넣자 군침이 확 돌았다. 혀끝에 퍼지는 라면 맛에 흡족해진 두식은 감탄처럼 말을 뱉었다.

"역시 라면은 사제 라면이지."

두영은 아직도 방 안에서 유령처럼 앉아 있는지 아무 대답이 없었다. 두식은 굳게 닫힌 두영의 방을 응시하다가 다시 젓가락질을 했다. 두식은 요란한 소리를 내며 라면을 후루룩 입속으로 집어넣고 우걱우걱 씹었다. 그러고 나서 방까지 아주 잘 들리도록 목청 높여 소리를 쳤다.

"야 씨발, 살다보니까 니가 내 인생에 도움이 되는 날이 온다?"

말을 마치고 나자 또다시 정적이었다. 집 안에는 쩝쩝거리며 젓가락질을 하는 소리만 가득했다. 마치 아무도 없는 집에서 혼자 허공에 대고 대화를 하는 기분이었다. 두식은 몸을 돌려 더 크게 소리를 질렀다.

"고맙다, 개새끼야!"

젓가락질을 몇 번 하지도 않은 것 같은데 어느새 냄비는 바닥을 보였다. 두식이 젓가락을 식탁에 내려두고 한 손으로 냄비를 들고 입에 갖다 대었다. 냉수를 마시듯 벌컥벌컥 국물을 들이키자 매우면서도 시원한 맛이 목을 타고 내려갔다. 끄억. 두식은 알차게 식사를 마쳤다는 알람을 울리듯 시원하게 트림까지 하고 나서 손으로 입을 쓱 닦았다. 배가 든든하게 부른 것이 기분이 좋았다.

계속 마음에 걸리는 것이 있다면 두영이었다. 두식은 자신을 불청객으로 취급하며 입 한번 열지 않은 채 불편하게 만드는 두영에게 신경이 쓰였다. 두식이 이번에는 작전을 바꿔 조금 누그러진 목소리로 방문을 향해 이야기했다.

"거, 전화 받아서 알겠지만 딱 1년이다. 나도 이 집에 오고 싶어 온 거 아냐. 딱 1년만 대충 같이 지내보자고. 그 뒤엔 바로 깔끔하게 사라져 줄 테니까."

두식은 내심 대답을 기대했지만 이번에도 두영의 방에서는 인기척조차 들리지 않았다. 두식은 금세 몸을 돌려 빈 냄비를 바라보며 투덜거렸다.

"집 안에 똥개 한 마리가 들어와도 내다보는 게 도린데. 싸가지 하고는."

부른 배를 두드리며 일어난 두식은 냄비를 집어 들고 싱크대에 대충 던져 넣었다. 그리고 두리번거리며 집 안을 살폈다. 별생각 없던 어린 시절과는 아주 다른 눈길이었다. 머릿속으로 집 위치를 가늠하며 돈이 얼마나 될지 머리를 팽팽 굴리는 중이었다.

"시세가 괜찮나 모르겠네."

두식이 혼자 중얼거리며 평수를 가늠해보다가 다시 목소리를 높였다.

"너 얼마 있어? 니 엄마가 뭐 좀 남겨 줬을 거 아냐!"

이번에도 대답이 안 들리자 울컥 화가 뻗친 두식이 두영의 방문을 벌컥 열었다. 그러자 두영이 짜증스럽게 이불을 뒤집어썼다.

언제 커튼을 다시 닫았는지 방이 어두컴컴했다. 이런 방에서 이불까지 둘러쓰고 있으니 두식의 눈에는 방 한가운데 둥근 무덤 하나가 솟아 있는 것처럼 보였다. 두식은 속에서 짜증이 일었다. 유도 유망주라더니 지금 이 모습은 절망 유망주나 다름없어 보였다. 입 안에서 날카로운 말들이 맴돌았다. 두영은 두식이 바로 앞에 서 있다는 것을 알면서도 이불 안에서 움직이지 않았다.

두식은 애써 화를 꾹 누르며 단호하게 말했다.

"너 혹시 있잖아. 내가 너를 뭐, 존나 친절하게 돌봐 줄 거다. 그런 경우 없는 생각은 초장에 집어치워라. 환기 좀 시키고, 씨발아."

두식은 심란한 얼굴로 창문을 활짝 열었다. 그리고 웅크리고 있는 두영을 지나쳐 쾅 소리를 내며 방을 나가버렸다.

다시 잠이 든 두영이 눈을 떴을 때는 이미 해가 진 저녁이었다. 두영이 더듬거리며 휴대폰을 찾아 음성으로 시간을 확인했다. 오후 아홉 시가 지나고 있었다.

허기를 느낀 두영이 부엌으로 나가 싱크대 앞에 섰다. 그리고 더듬거리며 수납함 손잡이를 찾아 열었다. 안에는 미리 사다둔 라면이 들어 있었다. 그중 한 봉지를 꺼낸 두영은 가스레인지 옆 식기 보관함을 더듬거리며 냄비를 찾았다. 예상과 달리 텅 빈 내부가 만져질 뿐 냄비는 찾을 수가 없었다. 두영이 당황한 얼굴로 이곳에 올려두었던 기억을 떠올리며 다시 한 번 더듬었다. 그러나 여전히 손에는 작은 그릇 말고는 아무것도 잡히지 않았다. 잠시 고민하던 두영은 점점 허기가 심해지자 봉지를 뜯어 생라면을 부셔 먹기 시작했다. 라면을 씹을 때마다 입에서 와그작거리는 소리가 났다.

그때였다. 마당에서 대문이 열리는 소리가 들렸다. 당황한 두영이 방으로 돌아가려고 손에 라면 봉지를 쥔 채 몸을 획 돌렸다. 빠르게 걸음을 걷다가 동선이 꼬인 두영은 식탁 의자에 부딪쳐 중심을 잃고 넘어졌다. 허둥대다 방향을 착각한 모양이었다. 두영이 절망스러운 얼굴로 일어나려는데 철컥 현관문 여는 소리가 들렸다. 한손을 주머니에 넣고 건들거리며 집안으로 들어선 두식이 바닥에 엉망으로 앉아있는 두영을 발견하고 물었다.

"뭐하냐?"

두식의 냉랭한 목소리가 들려오자 얼굴이 화끈거리며 달아오른 두영이 의자를 짚고 일어났다. 그리고 방을 찾기 위해 손을 더듬거리며 방향을 잡기 시작했다. 그 모습을 보던 두식이 다가와 두영의 팔을 잡아주었다. 그 순간 두영이 두식의 손을 뿌리치고 거칠게 숨을 뱉었다. 아래로 향한 시선이 매서웠다.

"식탁에서 방도 못 찾아가는 새끼가 허세는."

두식이 어이가 없다는 말투로 두영을 비꼬았다.

두영은 들은 척도 하지 않고 다시 손을 휘저었다. 그러나 하필 이런 순간에 손에 잡히는 물건이 하나도 없었다.

"방으로 꺼져 줄 테니까 편하게 하던 거 해라, 개새야."

두식은 버둥거리며 방향을 가늠하는 두영을 보며 말했다. 그리고 자신의 방으로 가 문을 열고 닫으며 쾅 하고 요란한 소리를 냈다.

두식이 방으로 들어갔다고 생각한 두영은 상체를 세우고 가만히 서서 다시 크게 동선을 잡았다. 몇 걸음을 한쪽으로 옮겨가자 단단한 벽이 닿았다. 팔을 크게 뻗어 벽을 쓰다듬자 작게 찢겨진 부분이 느껴졌다. 두영이 나름의 방식으로 만들어놓은 이정표였다. 방향을 잃을 때마다 매만진 탓에 찢긴 부분에는 손때가 묻어나 있었다. 두영은 이정표를 기준으로 걸음을 옮기며 천천히 자신의 방으로 향했다.

방에 들어가지 않은 두식은 팔짱을 낀 채 방문 앞에서 두영을 지켜보았다. 주춤거리며 방 안으로 들어가는 두영의 뒷모습이 어딘지 모르게 위태로워 보였다.

동네는 예전과 많이 달라진 듯 했지만 한편으로는 비슷하게 느껴졌다. 아직까지 남아 있는 오래된 가게들과 골목 구석구석으로 이어진 담장들을 보자 친구들과 할 일 없이 돌아다니던 기억이 꼬리를 물고 이어졌기 때문이다.

두식은 눈에 익은 동네를 둘러보다가 하늘을 올려다보며 공기를 한껏 들이마셨다. 가슴 안으로 시원한 바람이 지나가는 기분이 들자 드디어 교도소에서 나왔다는 것이 실감났다. 두식은 따뜻하게 쏟아지는 햇볕을 만끽하며 주머니에 손을 찔러 넣고 여유롭게 걸음을 걷기 시작했다.

두식은 멀리 보이는 슈퍼로 향했다. 동네 슈퍼에는 편의점처럼 크고 환한 진열대가 있지는 않았지만 선반 위에 웬만한 물건들은 오밀조밀하게 다 들어차 있었다. 두식이 냉장고를 찾아 문을 열자 냉기가 흘러나왔다. 눈에 익숙한 콜라를 향해 손을 뻗자 시원한 물기가 만져졌다. 콜라를 손에 들고 계산대로 가서 주인아저씨를 향해 말을 건넸다.

"람보르기니 아이스 토네이도 하나 주세요."

깡마른 얼굴에 머리가 희끗한 아저씨는 무슨 말인지 모르겠다는 표정으로 두식을 쳐다보았다. 그러자 두식도 고개를 갸웃거리며 왜 담배를 꺼내주지 않는지 묻는 표정으로 마주보았다. 다시 입을 열어 또박또박 말을 하려던 찰나였다. 옆에서 불쑥 남자 목소리가 끼어들었다.

"람보르기니 맨솔 하나 주세요."

주인아저씨가 갑자기 들려온 남자 목소리에 즉각적인 반응을 보였다. 반사적으로 몸을 돌려 손을 뻗고 담배를 집어 계산대 위에 내놓았다. 두식은 이 상황이 매우 불만스럽게 느껴져서 고개를 돌려 목소리의 주인을 흘겨보았다. 그러자 후줄근한 추리닝을 입은 놈이 안경을 쓰고 손에 쥔 돈을 계산대에 내밀고 있었다. 생김새만 봐서는 최근 십년 동안은 방에서 공부만 하던 고시생 같은 착실한 얼굴이었다.

두식은 자신이 먼저 주문했으므로 당연한 권리를 주장하듯 손을 뻗었다. 담배에 손끝이 닿으려는 찰나, 이번에는 남자의 목소리가 아닌 손이 불쑥 끼어들었다. 간발의 차로 담배를 빼앗긴 두식의 손이 빈 허공에서 방향을 잃고 허우적거렸다. 두식이 신경을 곤두세우며 눈가를 움찔거렸다. 자신이 교도소에서 나온 지 며칠 되지도 않았고, 현재 가석방 상태라는 것을 머릿속에 상기하며 성질을 억누르는 모습이었다.

"이거 하나 더 주세요."

두식이 아저씨를 향해 말했다.

"이거 하나 남았는데."

조금 전과 달리 아저씨는 두식에게 즉각적으로 대답했다. 옆에 서 있는 안경잡이는 뭐가 그리 흡족한지 만족스러운 미소를 지으며 계산을 했다.

"거 이리 주슈."

두식은 속에서 뻗치는 성질과 입 안에 맴도는 욕지거리를 참으며 안경잡이를 향해 경고하듯 말을 뱉었다.

"내가 주문 한 건데. 람보르기니 맨솔."

안경잡이는 담배에 시선을 고정한 채 대답했다. 두식은 물러서지 않겠다는 듯이 냉랭한 목소리로 말을 이었다.

"내가 먼저 정확한 상품명 람보르기니 아이스 토네이도라고 주문했는데."

두식이 또박또박 발음을 굴려가며 정성스럽게 상품명을 말하자 안경잡이는 심드렁한 표정으로 가게 밖을 향해 손가락을 가리켰다. 다른 손으로는 계산을 마친 담배를 주머니에 곱게 집어넣고 있었다.

"저 밑으로 한 삼백 미터 내려가면 편의점 있어요."

안경잡이가 친절하게 설명을 하는 순간 두식은 누군가 기름을 끼얹은 것처럼 속에서 확 열이 뻗쳐올랐다. 애써 유지하던 표정이 급하게 일그러지면서 서늘한 빛이 스쳤다.

두식이 노골적으로 불편한 기색을 드러내며 명령하듯 말했다.

"니가 가, 편의점."

안경잡이는 헛기침을 하면서 기세 좋게 목소리를 높였다. 그러나 눈동자가 불안하게 흔들렸고 이마 옆으로는 한 줄기 식은 땀이 흘렀다.

"아 나, 동네 집값 떨어지게 별 그지 같은 게 진짜."

"뭐? 야, 너 혹시 누가 니 이빨 뽑아서 짤짤이 한 적 있냐, 이 씹새야!"

두식이 안경잡이의 말을 받아치듯 목청껏 소리를 질렀다. 주인아저씨는 상황이 심각해지자 당혹스러운 얼굴로 상황을 살폈다.

'담배 하나 사는 데 다른 사람 이빨을 가지고 짤짤이까지 하고 싶지는 않았는데.'

두식은 속으로 중얼거리며 위협적으로 자세를 잡았다. 그리고 험악한 기색을 보이며 몸이 굳은 채 서 있는 안경잡이를 바라보았다. 안경잡이는 이미 담배를 두 손으로 공손하게 꺼내놓고도 남았을 눈빛을 하고 있었는데, 아직 버티고 서 있는 중이었다.

두식은 안경잡이 주머니에 들어있는 담배를 향해 손가락을 까딱거리며 마지막 경고를 날렸다. 안경잡이는 손가락질이 마음에 들지 않는지 어이없다는 얼굴로 혀를 찼다. 그리고 반격이라도 할 듯 자세를 잡다가 불현 듯 두식을 휙 제치고 슈퍼 밖으로 총알같이 튀어나갔다.

이대로 질 수는 없다고 생각한 두식이 지구 끝까지 따라갈 기세로 쫓아나갔다. 그러나 문을 열고 나와 햇빛을 보자마자 머리가 핑 돌면서 어지럼증이 일었다. 두식이 휘청거리는 몸의 중심을 잡고 가만히 멈춰 섰다.

"아이 씨, 배고파."

두식이 짜증스럽게 말을 뱉었다.

마른 멸치같이 보였던 안경잡이는 도망치는 속도 하나는 기가 막히게 빨랐다. 전력질주를 하며 골목 멀리까지 달려간 안경잡이가 두식과 안전거리를 확보했다는 것을 알아채고 몸을 돌려 허공에 주먹을 날렸다. 두식은 담배도 빼앗긴 마당에 배고픔까지 밀려오고, 처음 보는 안경잡이한테 욕까지 얻어먹으니 속에서 천불이 났다.

"야 이 너 씨방새야! 너 나를 다시 딱 만나잖아? 향 꿈는 날이야 씹새야!"

두식이 고래고래 소리를 질렀지만 안경잡이는 대수롭지 않다는 얼굴로 유유히 사라졌다. 두식은 바득바득 이를 갈며 주린 배를 부여잡았다. 그리고 방향을 돌려 집까지 종종걸음으로 내달렸다.

집이 가까워지자 심하게 배가 고프기 시작했다. 그러나 두식은 텅 비어있던 부엌을 떠올리며 먹을 것이 없다는 것을 기억

해냈다. 라면은 어제 밤에도 끓여 먹었고, 맛있게 먹을 만한 거라고는 인스턴트 깡통 한두 개 뿐이었다. 두식이 헛발질을 하며 다시 슈퍼로 방향을 돌리려던 찰나였다. 멀리서 초인종 소리가 들렸다.

띵동, 띵동.

소리가 나는 곳은 바로 두영의 집이었다. 두식이 눈을 가느다랗게 뜨며 초점을 맞추자 대문 앞에서 서성거리는 낯선 여자가 보였다. 여자 옆에는 커다란 비닐봉지가 바닥에 놓여 있었고, 잔뜩 장을 봤는지 봉지가 두툼하게 채워져 있었다. 대형 마트 로고가 찍혀있는 입구 밖으로 비죽 솟아나와 있는 우유와 채소가 보였다.

두식은 슬그머니 걸음을 옮기며 관찰을 시작했다.

'두영이 자식 친구인가? 아니면 여자친구?'

두식은 두영이 불시에 사고를 당해서 그렇지 유도 유망주에 얼굴까지 반반하게 생겼으니 여자친구 하나 없을 리 없다는 생각이 들었다. 호기심 가득한 얼굴로 주변을 서성이며 더 가까이 접근할지 눈치를 보았다.

여자는 집안에서 응답이 들리지 않자 가방에서 작은 종이와 펜을 꺼내들었다. 주변에 누가 다가오는지도 눈치 채지 못할 만큼 정신없는 모습이었다. 대문 앞에 털썩 주저앉은 여자는 무언가를 적으려고 자세를 잡으며 대문에 기대어 앉았다. 그때였다. 다리가 들리면서 여자가 뒤로 훌러덩 넘어갔고, 끼익 소리를 내며 요란스럽게 대문이 열렸다.

"으악!"

여자의 비명이 허공을 갈랐다.

두식은 문득 자신이 마지막으로 집에서 나왔다는 것을 떠올렸다. 들어갈 때 다시 문을 열기가 귀찮아 대문을 완전히 닫지 않고 나왔다는 것도. 여자의 방정맞은 비명소리가 들리자 두식은 피식 웃음이 터졌다.

"어, 열렸다!"

여자는 원래 열려있던 문을 요란하게 열어놓고 놀라워하며 좋아했다. 두식은 분위기를 살피기 위해 일부러 걸음을 늦추고 더디게 움직였다. 짐을 잔뜩 봐온 여자가 집으로 들어갔으니 두영을 위해서라도 맛있는 음식들을 차려놓고 있을 터였다. 두식은 흡족한 얼굴로 안경잡이가 가리켰던 방향으로 돌아섰다. 람보르기니 아이스 토네이도를 알아듣는 편의점에 가서 담배 하나 사들고 돌아오면 식사 시간에 딱 맞춰 도착할 터였다.

두식이 어설프게 벌어져 있는 대문으로 들어설 때는 마당이 어둑어둑해져 있었다. 집 안에서 새어나오는 불빛과 부산스러운 그림자가 보이는 게 나쁘지 않았다. 여자는 뭐가 그리 바쁜지 부엌 근처에서 여전히 정신이 없어 보였다. 두식은 입에 군침이 도는 것을 느끼며 현관 안으로 들어섰다.

"으악!"

"엄마야! 소리는 왜 지르고 난리야!"

날카로운 비명소리에 화들짝 놀란 두식이 신경질적으로 쏘아붙였다. 여자는 놀란 토끼 눈을 하고 두식을 쳐다보았다. 어디서 굴러 들어온 인간이냐고 묻는 얼굴이었다.

두식은 설명을 하기에 앞서 무지하게 고조된 배고픔을 느끼며 식탁을 재빠르게 훑어보았다. 둥근 접시마다 여러 종류의 반찬들이 정갈하게 담겨 있었고, 이제 막 끓여서 올려놓은 찌개에서는 김이 모락모락 피어오르고 있었다. 게다가 밥그릇 가득 담긴 쌀밥에서는 윤기가 좔좔 흘러내렸다.

두식은 홀린 사람처럼 자연스럽게 식탁으로 이끌렸다. 그리고 자리를 잡고 앉아 맨손으로 반찬을 집어 먹기 시작했다. 어찌나 정성스럽게 만들어 왔는지 반찬마다 간이 기가 막혔다. 두식이 손에 묻은 양념조차 아까워하며 손가락을 쪽쪽 빨아먹자 여자가 팔짱을 끼고 서서 두식을 쏘아보았다.

"쟤랑 무슨 사이인지. 여친이신가?"

두식이 식탁에 차려진 반찬들을 고루 맛보며 말했다.

"두영이는 통 밥도 안 먹었나봐요?"

여자가 화가 난 목소리로 쏘아붙였다. 두식은 볼이 터지도록 음식을 씹으면서 심드렁하게 대답했다.

"배고프면 먹겠지. 애도 아니고."

"그런 말이 아니잖아요!"

여자가 버럭 소리를 질렀다. 그러자 놀란 두식이 몸을 움찔거리며 손가락 사이에 집었던 반찬을 식탁에 툭 떨어뜨렸다.

"오늘 무슨 날인가. 다들 버럭버럭 소리를 지르면서 사람 성질을 돋네."

두식이 떨어진 반찬을 쳐다보다가 시선을 돌려 여자를 향해 인상을 썼다.

"왜 소리를 지르고 그래 이 여자가. 당신 뭐야, 누구야!"

"그러는 당신은 누구야?"

여자가 지지 않고 되받아쳤다. 두식이 식탁 위에 떨어진 반찬을 다시 집어먹으면서 약을 올리듯 소리쳤다.

"안 가르쳐줘!"

두식은 본격적으로 밥을 먹기 시작했다. 여자가 새우 눈을 하고 흘겨보는 시선에 얼굴이 따갑게 느껴질 지경이었다. 잠시 말이 없던 여자는 두식에게는 볼 일이 없다는 듯 몸을 획 돌려 두영의 방문 앞으로 걸어갔다.

"두영아, 밥 먹자. 어서 나와서 저녁 먹어. 너 먹으라고 맛있는 거 해놨어."

여자가 다정한 목소리로 말하며 방문을 두어 번 두드렸다. 방 안에서 아무런 반응이 없자 여자는 조심스레 문을 열고 들어갔다. 그리고 두영에게 어서 나와서 밥을 먹으라고 설득하기 시작했다.

"빨리 일어나서 나와. 맛있는 거 많이 차려놨어."

어두운 방 안에서 애달픈 목소리가 새어나왔다. 그때였다. 갑자기 여자가 비명처럼 날카롭게 소리를 질렀다.

"두영아!"

이상한 낌새를 눈치 챈 두식이 입 안에 들어있던 음식을 한꺼번에 삼키고 두영의 방을 쳐다보았다. 여자는 두영의 이름을 연거푸 불러댔다. 두식이 벌떡 일어나 두영의 방으로 들어가자 어두컴컴한 이불 위로 의식 없이 쓰러져 있는 두영이 보였다. 여자는 눈물이 그렁그렁 맺힌 얼굴로 두식을 올려다보았다. 조금 전과는 완전히 다른 표정이었다. 두영이가 잘못됐을까봐 걱정하는 얼굴. 빨리 어떻게든 도와달라고 말하는 얼굴.

두식은 재빨리 휴대폰을 찾아 구급차를 불렀다. 식탁 위에서는 주인을 잃은 음식들이 김을 내며 식어가고 있었다.

병원에 도착한 두영에게 응급조치가 끝나자 두식은 응급실 문을 열고 밖으로 나왔다. 뒤에서 여자가 뒤따라 나오며 두식을 붙들었다.

"곡기가 없다네? 영양실조가 말이 돼요?"

여자가 화가 잔뜩 난 얼굴로 목청을 높였다.

'그래서 어쩌라고?'

두식은 쏘아붙이는 말을 하려다 입술을 꾹 깨물었다. 두식은 울컥 억울함이 밀려왔다. 두영이 자식이 장님이 된 게 자신의 탓도 아닌데 자신이 왜 수발을 들면서 두영의 영양을 챙겨줘야 하는지 이해할 수 없었다. 게다가 애초에 자신이 집을 나가게 된 이유에는 두영과 관련한 것이 컸었다.

두식은 과거의 기억들이 주마등처럼 스쳐지나가며 열이 확 달아오르는 것을 느꼈다. 그러나 아무것도 모르는 이 여자에게 뭐라고 퍼붓는다 해도 달라질 것도 없었다. 무섭게 여자를 흘겨보던 두식은 시선을 거두고 성큼성큼 걸어가기 시작했다.

"두영이가 실력만 국대인 줄 알아요? 체력도 국대였다고! 적어도 애가 뭘 먹는지 마는지 신경은 써야 되는 거 아닌가요?"

여자가 두식의 등에 대고 윽박을 질렀다.

두식은 도저히 화를 참기가 어려웠다. 따뜻한 햇볕이나 좀 쐬면서 자유를 누려보고자 했건만 두영은 방구석에 처박혀 굶

다가 쓰러지고 이상한 여자는 자신에게 책임을 전가하며 정성을 다해 화를 내고 있었다.

두식이 울컥 짜증이 일어서 여자를 향해 휙 몸을 돌렸다.

"그렇게 걱정되면 당신 집으로 데려가."

두식은 노골적으로 여자의 몸매를 위아래로 훑어보며 말을 이었다.

"코치였다면서 관심이 쓸데없이 많은 거 같다?"

여자의 얼굴이 빨간 물감이 퍼져나가듯 순식간에 달아올랐다. 당황해서 그런 건지 열이 받아 그런 건지 정확히 알 수는 없었지만 얼굴에는 질겁하는 기색이 역력했다.

"무슨 뜻이에요?"

두식은 먼저 열 받게 한 건 여자 쪽이니 자신도 끝까지 열 받게 하기로 마음을 먹었다. 더 이상 두영이 수발을 잘 하라는 소리를 하지 않도록.

"체력이 국대라며. 잘하겠네, 그럼."

모호했던 여자의 눈빛에 확신이 깃들었다. 그리고 빈 깡통을 발로 밟은 것처럼 표정이 순식간이 일그러졌다.

"너 쓰레기니?"

어이가 없는지 갑자기 반말로 되물었다.

"저 개새끼 덕분에 쓰레기 된 인생은 맞네. 씨발, 진짜."

두식이 거칠게 말을 뱉었다.

과거부터 이어진 더러운 기분이 스멀스멀 온몸을 휘감았다. 더 이상 두영에게 엮여서 인생을 망치고 싶지 않았다. 오랜만에 만난 두영이 장님이 된 걸 보고 감정이 좀 누그러들었다고 생각했는데, 과거의 기억이 선명해지는 순간 원망과 분노도 함께 밀려왔다. 입술이 부들부들 떨릴 만큼 더럽고 비참한 기분. 자신을 망치고 집에서 도망치게 만든 그 기분. 두식은 여자의 어깨를 거칠게 밀쳐내고 병원 문을 향해 걸어갔다. 그때 복도로 걸어 나온 간호사가 두식과 여자를 향해 다가와 친절한 목소리로 안내했다.

"고두영 환자 수납해 주세요."

두식은 여자에게 어깨를 으쓱이며 인사하는 시늉을 했다.

"쓰레기는 아웃합니다. 그럼 이만."

여자가 돌아서는 두식의 팔을 황급하게 붙잡으며 다급하게 외쳤다.

"나 카드 한도초과예요!"

"난 카드라는 게 없네? 존나 갖고 싶다, 카드."

두식은 일부러 또박또박 발음하며 여자에게 얼굴을 가까이 들이밀었다. 여자는 몸을 뒤로 빼며 황당한 표정을 지었다. 두식은 여자의 팔을 매정하게 털어내고 약을 올리듯 손을 흔들며 병원을 빠져나왔다.

답답한 병실을 나와 밤공기를 마시자 담배 생각이 간절했다. 속이 답답하고 체한 것처럼 묵직한 무언가가 얹혀 있는 느낌이 들었다. 두식은 달빛도 어두운 밤하늘을 멀리 바라보며 혼잣말을 구시렁거렸다.

"사람 비참하게 만들었으면 잘 살기라도 해야 할 거 아냐. 유망주니 뭐니 하더니 빛도 못보고 꼬꾸라지고 난리야. 짜증나게. 잘되면 야금야금 뜯어먹으면서 원한이나 청산해 보려고 했더니."

두식은 구석진 화단을 찾아 주변을 두리번거렸다. 그리고 인적이 없는 곳으로 가 담배를 입에 물고 불을 붙였다. 숨을 크게 들이마시며 연기를 삼키고 나니 속이 좀 풀리는 것 같았다. 머리가 핑 돌면서 현기증이 일었다.

병원 주차장으로 요란한 사이렌 소리가 들려오고 다급하게 멈춰선 응급차가 보였다. 안에서 재빠르게 나온 간이침대에는 환자가 피범벅이 되어 누워 있었다. 병원 안으로 눈 깜짝할 사이에 사람들이 사라지고 어두운 허공에는 응급차 불빛만이 번쩍였다.

두식은 붉게 번진 불빛을 보고 있자니 문득 옛날 기억이 떠올랐다. 오래전 두식을 집에서 나오게 한 마지막 그날의 일들이.

두영이 7살 정도 되었을 때였다. 그날 두영은 내복차림을 하고 눈물이 그렁그렁한 얼굴로 문 사이를 들여다보고 있었다. 그때 두식은 고등학교를 다닐 때였는데 안방에서 침울한 얼굴을 하고 있는 아버지에게 언성을 높이며 윽박지르고 있었다.

"잘 들어요. 이제 내 인생에 가족 같은 거 없어요."

두식의 목소리가 바르르 떨리고 있었다. 두식은 그때 막 알게 된 진실 때문에 온몸이 분노로 가득 차 있었다. 죽일 듯이 노려보던 아버지 옆에는 세상이 끝난 것처럼 서럽게 울고 있는 새엄마가 있었다.

"내가 죽어서도 이 집구석에는 안 들어와. 이 개 같은 집구석! 끝이야, 이제."

두식이 목이 터져라 소리를 질렀다.

모든 게 다 원망스러웠다. 지금까지 아무 말도 하지 않은 채 자신을 아무것도 모르는 병신 머저리로 만든 아버지와 살살 웃음을 지으면서 자신을 눈치도 없고 자존심도 없는 멍청이로 만든 그 여자까지. 두식은 더 이상 꼴도 보기 싫은 역겨운 인간들과 한시도 함께 있고 싶지 않았다.

가족은 두식에게 유일한 것이었다. 그런데 거짓과 위선으로 자신을 속여 온 한패라는 생각이 들자 뼈에 사무치듯 배신감이 밀려들었다. 온몸이 부들부들 떨려오면서 머릿속이 폭발할 지경이었다. 두식은 그대로 자리를 박차고 나와 거칠게 문을 열었다. 문 앞에서 내복 차림의 어린 두영이 겁에 질린 얼굴로 두식을 쳐다보았다.

"형아."

두영이 애잔한 목소리로 두식을 불렀다.

두식은 아무것도 모르고 이제까지 정말 친동생처럼 함께했던 두영을 보자 속이 더 뒤집혔다. 두 눈이 붉게 충혈 된 두식이 원망을 담아 어린 두영에게 매정하게 쏘아붙였다.

"내가 왜 니 형이야. 너도 꺼져."

두식은 자신이 무슨 소리를 내뱉는지 무슨 짓을 하는지 제대로 판단이 되지 않았다. 오직 모두가 한통속으로 자신을 속였다는 분노만이 온몸을 휘감고 있었다. 울음을 터뜨릴 것 같은 얼굴로 자신을 보고 있는 어린 두영도 짜증스러웠다. 두식은 쓸모없는 물건을 치우듯 어린 두영을 밀어냈다.

두식이 현관을 향해 걸어가는 순간 거실 한쪽 벽면에 세워져 있는 기타가 눈에 들어왔다. 가장 애정을 가지고 만지던 물건이었다. 그러나 이제 두식에게는 모든 것이 균열되고 있었다. 두식은 기타고 뭐고 눈앞에 보이는 것은 모든지 망가뜨리고 싶었다. 충동적으로 힘껏 발길질을 하자 기타가 멀리 날아가 벽에 부딪치더니 처참하게 박살이 났다. 쾅. 요란한 소리와 함께 바닥에 떨어진 기타가 충격을 받았는지 팅, 하는 소리와 함께 줄이 후둑 끊어졌다.

망연자실한 표정으로 고개를 떨어뜨리고 아무 말이 없던 아버지와 가슴 언저리를 쥐어뜯으며 소리도 내지 못하고 울던 새엄마, 그리고 넘어진 채 두식을 애타게 부르던 어린 두영과 처참한 모습으로 망가져버린 기타. 집을 나오던 날 두식이 마지막으로 보았던 광경이었다. 그 이후로 두식은 거리에서 온갖 일을 겪으면서도 절대 집으로 돌아가지 않았다.

담배 불은 이미 꺼진 지 오래였다. 잠깐 떠오른 기억인데 이미 눈앞에 있던 구급차는 사라져 있었고, 병원은 적막한 어둠에 잠겨 있었다.

두식은 집으로 가려다 발길을 돌려 두영이 누워 있는 응급실로 되돌아갔다. 앞으로도 눈이 안 보인다고 가만히 입 다물고 방에 처박혀 있는 사람을 도와줄 생각은 눈곱만큼도 없었다. 두식이 거리를 떠돌며 배운 것은 하나였다. 세상은 거지같이 힘들고 살아남는 일은 처참할 정도로 힘들다는 것. 그런데 두영이 그깟 사고에 꺾여서 그대로 죽겠다고 굶는다면 자신은 말리지 않을 거라고 생각했다.

응급실 안으로 들어서자 약품 냄새가 훅 풍겨왔다. 비좁은 간격으로 간이침대가 다닥다닥 붙어 있어 보기만 해도 숨이 막히는 기분이었다. 여기저기서 낮은 신음이 종종 들려왔고 다양한 환자들이 저마다의 고통을 호소하고 있었다.

두영이 누워 있는 곳은 창가 쪽 가장자리 침대였다. 두식은 그곳으로 다가가 링거를 맞으며 누워있는 두영을 물끄러미 바라보았다. 가볍게 밀어내도 픽 쓰러지던 7살의 어린 두영과는 완전히 다른 모습이었다. 국가대표답게 체격도 건장하고 다부진 근육이 균형을 이루고 있었다. 그러나 두식은 어쩐지 그때보다 지금의 두영이 더 약하고 무력하게 느껴졌다. 이제는 건드리지도 않는데 혼자 픽픽 쓰러져서 병원에 실려 오는 신세가 되었으니까.

두식이 우두커니 서 있다가 파르르 떨리는 두영의 눈썹을 보았다. 두영이 잠에서 깨어나고 있는 듯했다. 두식은 이때다 싶어 눈에 힘을 주고 두영의 귓가에 얼굴을 가져갔다. 그리고 경고를 하듯 냉랭하게 말했다.

"잘 들어. 내가 니 송장 치우러 나온 거 아니다. 시끄럽게 유세하지 말고, 죽고 싶으면 조용히 가. 살고 싶으면 뭐라도 처먹던가."

순간 두영이 입술을 파르르 떨며 몸을 움찔거렸다. 그러나 다시 무표정한 얼굴을 한 채 아무런 대꾸도 하지 않았다. 모든 일은 이미 벌어진 것이었다. 다시 돌이킬 수도 없었다. 어떤 사고로 장님이 되었든 앞으로 죽든지 살든지 둘 중에 하나였다.

두식은 더 이상 갑갑한 응급실에 두영이 산송장처럼 누워있는 꼴을 보고 싶지 않아 몸을 돌렸다. 몇 걸음을 걸어가다 이제 막 의식이 돌아온 두영에게 심했나 하는 생각이 들어 뒤를 돌아보았다. 아무 반응도 없던 두영의 눈가에서 눈물이 뚝뚝 흘러내렸다. 두영이 울고 있었다. 그 모습을 본 두식은 복잡한 감정이 치밀어 짜증스럽게 머리를 털어냈다.

"젠장."

신음 같은 욕지거리를 내뱉으며 두식은 도망치듯 병원을 빠져나왔다.

수현은 진료가 끝난 두영을 챙겨 집으로 돌아왔다. 얼굴이 부쩍 야윈 두영이 눈을 깜빡이며 소파에 앉았다. 오는 길에 죽을 포장해온 수현이 그릇을 열어 죽을 부드럽게 풀었다. 뜨거운 열기가 좀 가시자 두영 앞에 밀어주며 말했다.

"조금이라도 먹어."

얼굴에 어두운 기색이 가득한 두영이 숟가락을 찾아 쥐었다. 죽을 떠서 입 안으로 넣는 모습이 마치 방전된 기계처럼 보였다. 어깨를 축 늘어뜨리고 허공에 불안한 시선을 보내며 한없이 느린 동작으로 움직였다.

"무슨 형이 그러냐. 아무리 사이가 좀 나빠도 그렇지. 남들이 보면 친형 아닌 줄 알겠어!"

옆에서 그 모습을 지켜보던 수현이 문득 병원에서 보았던 두식의 행동을 떠올리고 열을 올리며 말했다.

"친형 아니에요."

두영이 입을 오물거리며 말했다.

수현이 아차 하는 얼굴로 입을 가리고 두영을 바라보았다. 두영은 아무 일도 아니라는 듯 무심한 얼굴이었다. 어안이 벙벙해진 수현이 진땀을 흘렸다.

"어쩐지…⋯. 이제 딱딱 들어맞네!"

수현이 무슨 말을 해야 할지 난감해하다가 횡설수설했다. 그리고 슬그머니 두영의 눈치를 보았다. 두영은 허전한 눈빛으로 허공을 응시하고 있었다.

말을 하지 않는 동안 집 안에는 적막만이 가득했다. 수현은 두영이 지금 이 순간이 아닌 다른 순간들을 보고 있는 것처럼 느껴졌다. 사고 이후 두영의 얼굴은 날이 갈수록 어두워지고 있었다. 수현이 턱을 괴고 인상을 찌푸리며 생각했다. 지금 두영에게 힘이 되는 가족이 있어도 부족한데, 이상한 성격을 가진 형제까지 나타나다니. 정말이지 앞이 보이지 않는 기분이었다.

두식이 눈가를 비비며 팔을 뻗었다. 정신이 들기 시작하자 골목에서 왁자지껄 떠들며 지나가는 아이들 소리가 들려왔다. 두식은 허기를 느끼며 두영의 방을 슬쩍 열어보았다. 어젯밤 퇴원하고 돌아온 두영은 평소와 다름없이 구석에 들어앉아 돌부처 행세를 하고 있었다. 두식이 혀를 차며 다시 문을 닫았다.

냉장고에는 어제 왔던 이상한 여자가 채워 놓고 간 반찬들이 가지런히 정리되어 있었다. 부엌 찬장을 열자 햇반이나 스팸 등 각종 포장 음식들도 가득 차있었다. 기분이 좋아진 두식이 스팸을 하나 꺼내며 휘파람을 불었다.

식사 준비를 마친 두식이 의자를 빼고 식탁 앞에 앉았다. 젓가락을 들고 반찬을 집는 순간 굳게 닫힌 두영의 방이 눈에 들어왔다. 이상한 여자가 두영이 자식을 먹이려고 바리바리 싸들고 온 음식을 혼자 먹으려니 불편한 기분이었다. 게다가 두영과 함께 먹어치워야 다 먹고 나서 생색을 낼 수 있고, 또 생색을 내야 다시 반찬을 해오지 않을까 하는 생각이 들었다. 두식은 지체 없이 자리에서 일어났다. 두보 전진을 위한 일보 후퇴. 두식이 활기차게 두영의 방문을 열었다.

그사이 잠에서 깨어난 두영은 허공에 손을 들어 제 눈앞에 가져다 대고 멍한 얼굴을 하고 있었다. 두식은 저건 뭐하는 짓인가, 하는 얼굴로 두영을 응시했다. 이번에는 몸이 아니라 정신이 나가려는 모양이라고 생각했다.

창가에서 들이치는 빛들이 두영의 희멀건 얼굴 위로 쏟아지고 있었다. 멀리서 보아도 눈부시도록 쨍한 기운이 느껴지는데 그 빛을 정면으로 바라보면서도 눈살을 찌푸리지 않고 손을 움직여 보고 있었다. 두영은 정말 아무것도 보이지 않는 듯했다.

'답답한 자식.'

두식이 속으로 말을 삼키며 두영을 향해 잔소리를 퍼부었다.

"쳐맞기 전에 나와, 너!"

화들짝 놀란 두영이 고개를 두리번거렸다. 두식은 두영의 팔을 붙들고 죄 지은 사람을 연행하듯 끌고 와 식탁에 앉혔다. 방에서 식탁까지 이어지는 짧은 동선에도 두영의 팔과 다리에는 갖가지 물건과 가구들이 툭툭 부딪쳤다.

두식은 두영 앞에 라면을 끓인 냄비를 내려놓고 다그쳤다.

"착한 사람 쓰레기 만드니까 재밌냐? 쇼 그만하고 처먹을 때 처먹어."

두식은 두영의 손에 젓가락까지 쥐어주고 나서 자리에 앉았다. 기본적인 의무는 했으니 찔리는 거 없이 본격적으로 식사를 해볼 참이었다. 조금 전에 구워놓은 햄에 기름기가 돌며 식욕을 자극했다. 두식이 기쁜 얼굴로 햄 하나를 집어 입 안에 넣으려던 찰나였다.

"햄 구웠냐?"

두영이 다그치듯 물었다. 화들짝 놀란 두식이 슬쩍 눈동자를 굴려 두영의 눈치를 살폈다. 두영의 시선이 정확히 두식이 입 바로 앞에서 대기하고 있는 햄을 향해 있었다. 당황한 두식은 의심스러운 생각이 들었다.

'고두영 이 자식, 가까이 있는 건 볼 수 있는 거 아냐?'

두식이 다른 쪽 팔을 들어 올려 두영의 얼굴 바로 앞에서 흔들어 보았다. 두영의 눈동자는 조금도 흔들리지 않고 그대로 고정되어 있었다. 미동이 없는 두영은 마치 밀랍 인형처럼 보일 정도였다.

작게 숨을 내쉬며 안도한 두식이 햄을 집고 있는 젓가락을 천천히 입 안으로 끌어당겼다. 햄이 무사히 혀에 도착하려는 순간이었다.

"스팸이네."

툭. 두식은 놀라서 햄을 식탁 위에 떨어트렸다. 두영은 보지 않아도 확실하다는 얼굴이었다.

"냄새가 스팸인데."

두영이 연달아 말을 하자 두식은 제 발 저린 도둑처럼 목소리를 높여 성을 냈다. 맛있는 반찬들은 죄다 자신이 먹고 두영에게는 라면 하나로 때우려 했다는 사실을 눈치 챈다면 변명의 여지가 없었다.

'눈만 안 보이지 다른 데는 완전 멀쩡하네!'

두식이 인상을 찡그리며 속으로 투덜거렸다. 마지막 방어를 펼치듯 시비를 거는 투로 두영을 쏘아붙였다.

"눈깔 맛 가더니 코도 맛이 갔어? 니 존재가 스팸이야."

두식이 도리어 성을 내자 두영은 어이없다는 얼굴로 손을 뻗어 더듬거렸다. 아직 김이 나는 뜨거운 냄비에 살짝 손을 가져다대면서 위치를 확인하고, 젓가락으로 라면을 집어 후루룩 들이마셨다.

"내가 인도주의적 인간인 걸 감사해 너. 니 입에 밥이라도 들어가게 해 주는 게 얼마나 감사하니."

어린 애 달래듯 친절하게 감사에 대해 설명하자 두영이 콧방귀를 꼈다. 속으로는 이미 험한 욕이라도 지껄이고 있을 법한 얼굴이었다.

"라면이 밥이냐?"

두영의 눈썹이 꿈틀거리며 입매가 굳어졌다.

"라면 무시하냐? 신라면, 너구리, 해물라면, 나가사키! 얼마나 다채로워. 무딘 개새…… 그리고 넌 잘 처먹고 커서 한 십년

라면만 먹어도 끄떡없어. 잔말 말고 처먹어."

두식이 험하게 말을 내뱉자 두영은 노골적으로 못마땅하다는 기색을 내보였다. 그리고 젓가락을 탁 내려놓고 자리에서 몸을 일으켰다. 두식은 상관없다는 듯이 다시 식사를 시작했다. 방으로 가려던 두영이 다시 의자에 앉더니 두식을 향해 얼굴을 들이밀며 물었다.

"너 내 향수 쓰냐?"

두영의 표정이 진지했다. 두식은 미간을 찡그린 채 고개를 갸웃거렸다. 가끔이었지만 두식은 두영이 희미하게나마 볼 수 있는 것 같다는 생각이 들었다. 두식은 몰래 허튼 짓을 하다가 들킨 것처럼 얼굴이 벌겋게 달아올랐다.

'시각을 잃고 후각을 얻었다는 거야 뭐야. 개 코가 따로 없네.'

한심스럽다는 표정을 짓고 있는 두영을 보며 두식이 흥분해서 말했다.

"너, 너, 이 개새야. 형보고 너가 뭐야?"

"그러는 넌. 동생보고 개새가 뭐야."

두영도 지지 않겠다는 얼굴이었다.

"아 나 이런 개새를 봤나. 입은 왜 살려뒀을까! 패키지로 싹 닫아버리지."

빠짝 약이 오른 두식이 말을 뱉어놓고 손을 들어 자신의 입을 틀어막았다. 두영의 얼굴이 순식간에 일그러졌다. 두식은 너무 심한 말을 했다는 생각에 후회가 밀려들었다.

두식이 두영의 냉랭한 분위기를 느끼고 조심스럽게 몸을 움직였다. 그리고 눈앞에서 조용히 사라지기 위해 최대한 숨을 죽이고 까치발로 걸어 나가기 시작했다. 나무늘보가 된 것처럼 느린 동작으로 식탁 옆을 지나칠 때였다. 두영이 한 번에 두식의 팔을 잡았다. 단단한 손아귀의 힘이 느껴졌다.

"안 놔?"

하지만 두식의 말이 채 끝나기도 전에 그의 몸이 허공으로 날아올랐다. 그리곤 두영의 등을 지나 바닥으로 순식간에 추락했다. 쿵. 일 초도 채 걸리지 않은 것 같았다. 두식은 어안이 벙벙한 얼굴로 무슨 일이 일어난 건지 생각하려다 몰려드는 고통에 몸부림을 쳤다. 바닥에 내팽개쳐진 몸이 죽겠다고 아우성이었다. 전기에 감전된 것처럼 쩌릿한 고통이 온몸을 훑고 지나가자 눈가에 눈물이 찔끔 고였다.

"아오, 뼈마디 다 부서지겠네."

신음소리가 저절로 입 밖으로 새어나왔다. 끙끙거리며 몸을 비틀던 두식이 고개를 들어 두영을 올려다보았다. 두영이 희미하게 볼 수 있으면서도 안 보인다고 거짓말을 하는 게 틀림없다는 생각이 들었다. 그렇지 않다면 이 정도로 정확하게 자신을 공중으로 날려버릴 리가 없으니까.

두영은 묵은 체증이 확 내려간 듯 후련한 표정으로 의기양양하게 서 있었다.

"아, 너, 너 개새 너…… 너 쫌 보이지! 살짝 보이는 거 맞지!"

두식이 삿대질을 하며 윽박을 질렀다.

"인도주의적 인간? 웃기고 있네."

두영이 콧방귀를 끼며 다시 식탁 의자에 앉으려고 자세를 잡았다. 이때다 싶은 두식이 기회를 놓치지 않으려고 재빨리 손을 뻗었다. 그리고 의자 다리를 잡고 뒤로 확 잡아당겼다. 힘을 빼고 자리에 앉으려던 두영이 허공을 지나 버둥거리며 바닥으로 불시착했다.

"아아!"

와당탕 요란한 소리와 함께 두영이 뒤로 뒹굴며 소리를 질렀다.

"뭐 이 개새야."

두식이 기세 좋은 얼굴로 일어나 몸을 탁탁 털어냈다. 식탁에는 차려놓은 음식들이 그대로 놓여있었다. 의자에 앉자 누군가 막대기로 쿡쿡 찌르는 것처럼 몸이 쑤시고 아팠다.

"이놈의 집구석. 밥 한번 먹기가 왜 이리 힘들어."

두식이 반찬을 집으며 비쭉거렸다.

옷깃까지 깔끔하게 다려진 유니폼을 입은 은행 여직원은 진지한 얼굴로 컴퓨터 화면을 들여다보고 있었다. 두식은 긍정적인 대답이 나오기만을 기다리며 두 손을 공손하게 올려두고 얌전히 기다렸다. 시간이 지체되자 불안해진 두식이 다리를 떨기 시작했다. 여직원이 자판을 두드리며 재차 확인을 하더니 두식을 향해 고개를 돌렸다.

"죄송한데요, 고객님. 담보가 있어도 대출은 당사자가 직접 오셔야 되거든요."

안타까운 목소리로 두식에게 설명을 하는 여직원의 얼굴은 말과 달리 친절하고 상냥해 보였다. 두식은 동정심을 유발해보려는 작전을 떠올리고 연기에 돌입했다.

"굳이 이런 말씀까지 드리고 싶지 않았는데……. 제 동생이 갑자기 시력을 잃었습니다."

시력을 잃었다는 부분에서 입술을 살짝 떨며 시선을 바닥으로 내리 꽂았다. 그리고 눈물이 잔잔하게 맺힌 눈동자로 직원을 바라보며 잠시 뜸을 들였다.

"이 녀석이 시각장애인이 된 후로 한 발짝도 세상을 향해 내

믿지 못하고 있습니다. 저보고 믿을 사람은 이 형밖에 없다면서 자기 대신 해결해 달라고 울고불고, 정말 가슴 아픈 일이지요."

두식은 한숨을 쉬듯 말을 내뱉고 슬쩍 여직원의 눈치를 살폈다. 여직원은 눈가를 찡그리며 공감하는 표정을 지어보였으나, 이내 자세를 고쳐 앉으며 대답했다.

"아 그래요, 근데요 고객님. 그래도 동생 분 위임장은 받아 오셔야 대출이 진행 돼요. 번거로우시더라도 위임장 가지고 오세요."

여직원의 공손한 말투는 조금도 흔들리지 않았다.

'그건 그거고 이건 이거라는 건가.'

두식이 인상을 찌푸리며 고개를 가볍게 흔들었다. 두영이 떡하니 위임장을 내어줄 리 없다는 것을 누구보다 자신이 잘 알고 있었다. 두식이 난감한 얼굴로 자리에서 일어나 은행을 빠져나왔다. 빈손으로 집에 돌아가려니 저절로 한숨이 새어나왔다. 두식은 입술을 깨물며 두영을 어떻게 속일지 고민에 빠져들었다.

골목에 들어선 두식은 한가로운 슈퍼에 들러 익숙한 동선으로 움직였다. 냉장고를 열어 찬기가 서린 제로 콜라 하나를 꺼내들었다. 콜라는 딱 하나가 남아 있었다. 두식은 콜라를 계산대 옆에 올려두고 입가심 할 만 한 것을 찾아 진열된 상품을 둘러보았다. 손에 과자 봉지를 들고 계산대로 돌아오니 콜라가 감쪽같이 사라지고 보이지 않았다.

두식이 머리를 긁적이며 콜라의 행방을 찾아 주변을 두리번거렸다. 기대와 달리 시야에 들어온 것은 하나 남은 제로 콜라를 들이키며 팔자걸음으로 여유롭게 입구를 걸어 나가는 안경잡이였다. 안경잡이의 목울대가 움직이는 것을 보자 두식의 머릿속에는 주마등처럼 지난 기억이 스쳤다. 이번에는 절대 그냥 보내지 않겠다는 생각이 번뜩였다.

두식이 재빨리 안경잡이에게 다가가 목덜미를 툭 움켜쥐었다. 목에 갑갑함을 느낀 안경잡이가 인상을 쓰며 험악한 얼굴로 돌아보았다. 두식은 안경잡이에게 지난 기억도 상기시키고 친절하게 잘못도 알려주려고 또박또박 설명했다.

"하나 남은 제로 콜라 내가 잡았거든. 번번이 겐세이네?"

크억. 안경잡이는 두식의 얼굴을 확인하더니 시원하게 트림을 해댔다. 그리고 그게 자신과 무슨 상관이냐는 얼굴로 엉뚱한 질문을 했다.

"이 동네 사시나?"

"살면."

안경잡이는 한숨을 푹 내쉬더니 목덜미에 머물러 있는 두식의 손을 조심스럽게 떼어내며 입을 열었다.

"룰을 정합시다. 크억. 먼저 계산하는 사람이 임자. 오케이?"

코앞에서 트림을 해대는 안경잡이를 보자 두식은 성질이 뻗쳐올랐다. 오케이고 나발이고 안경잡이가 정한 룰 같은 건 마음에 들지 않았다.

"너 뭐하는 새끼냐."

"알면?"

"난 뭐하는 놈 같냐."

두식이 말을 멈추고 옷자락을 잡아당겨 어깨를 보여주었다. 살벌하게 보이기에는 조금 산만한 모양이었지만 문신은 문신이었다. 안경잡이 같은 피라미를 겁주기에 딱 좋은 문신. 예상대로 안경잡이는 문신을 보자 뒤로 반걸음 물러나며 헛기침을 했다. 지난번처럼 도망칠 틈을 찾으려고 눈치를 살피는 게 분명했다.

"안물! 안궁!"

몸을 움츠리던 안경잡이가 갑자기 얼굴을 들이밀며 소리쳤다.

"뭐라고 씨부리니."

두식이 눈썹을 꿈틀거리며 낮은 목소리로 말했다.

"검색해 봐 이 양반아!"

두식이 손을 뻗어 안경잡이를 가격할 만한 물건을 집으려는데 그 사이 안경잡이가 먼저 손에 들고 있던 빈 캔을 냅다 집어 던졌다. 두식이 반사적으로 몸을 비틀자 몸에 맞은 캔이 바닥으로 떨어졌다.

다시 앞을 돌아보자 안경잡이는 눈 깜짝 할 사이 튀어나가 이미 골목으로 줄행랑을 치고 있었다. 두식은 이번에도 간발의 차이로 안경잡이를 놓친 것이 분해서 애꿎은 바닥을 걷어찼다.

"아 저 씨바새끼. 대놓고 신경 쓰이네. 동네가 무슨 정신병동이야."

두식이 욕지거리를 하며 멀어지는 안경잡이를 쳐다보았다. 이번에는 뒤도 한번 돌아보지 않고 온힘을 다해 멀어지고 있었다.

집에 도착하자마자 두식은 작전을 개시했다. 먼저 성공적으로 일을 수행하기 위한 미끼를 미리 주문해 두었다. 이제 막 배달이 도착한 짜장면과 탕수육이 식탁 위에 먹음직스럽게 놓여 있었다. 두식은 젓가락으로 그릇 주변을 살살 긁어 정성스럽게 포장을 벗기고, 두영의 방을 향해 부드러운 목소리로 말했다.

"두영아, 밥 먹자."

잠시 후 두영은 떨떠름한 얼굴로 손을 더듬거리며 방을 나왔다. 두식은 친절한 안내원처럼 두영의 팔을 잡아끌고 식탁으로 데려와 의자까지 손수 빼주었다. 두영은 뭔가 수상하다는 표정이었다. 두식은 아랑곳하지 않고 젓가락을 들어 일부러 티가 나도록 세심하게 짜장면을 비볐다. 그리고 두영의 앞으로 그릇을 슥 밀어주고 젓가락까지 손에 쥐어 주었다. 두영은 여전히 못마땅한 얼굴로 허공에 시선을 고정하고 있었다.

"분다. 먹어먹어."

두영은 앞이 보이지도 않는데 두식이 손짓까지 해가며 말했다. 그러자 두영이 식탁 위에 젓가락을 내려두고 미간을 찡그렸다.

"탕수육 냄새 나지?"

두식은 어떻게든 두영을 구슬려 목적을 달성해야 하는 이번 작전을 머릿속에 끊임없이 상기시켰다. 재빨리 탕수육을 하나 집어서 의심스러운 얼굴로 식사를 거부하는 두영의 입으로 가져갔다.

"아 해봐, 아."

냄새를 맡았는지 탕수육이 가까워지자 두영이 고개를 돌렸다.

"왜 이래."

"왜 이러긴 인마. 너 마르는 거 보니까 형이 짠해서 그렇지.

포크가 좋겠구나!"

벌떡 일어나 포크를 가져왔다. 다시 탕수육 하나를 집어서 두영의 입으로 가져가는데 이번에도 두영이 고개를 휙 돌렸다. 두식이 잠시 눈치를 보는데 두영이 불쑥 손을 내밀었다. 혼자서 먹겠다는 의미 같았다.

두식이 포크에 찍었던 탕수육을 빼내고 빈 포크를 두영에게 건넸다. 두영이 다른 손을 더듬거리며 접시가 어디에 있는지 확인했다. 그리고 접시 가운데를 야심차게 찍었으나 하필 야채였다. 단번에 고기를 찍었다고 생각한 두영이 입에 음식을 가져갔다.

"당근인데."

두영의 눈썹이 꿈틀거렸다. 입에 야채를 넣고 다시 시도했다.

"오이인데."

이상하게도 연거푸 고기를 피해갔다. 마음과 달리 음식을 먹지 못하고 있는데 배는 계속 고픈지 두영의 배에서 꼬르륵 소리가 났다. 두영이 입가에 힘을 주며 심난한 표정을 지었다. 보다 못한 두식이 포크를 쥐고 있는 두영의 손을 끌어다 제일 두툼한 고기를 찍어서 다시 쥐어주었다. 머뭇거리던 두영이 별말 없이 입으로 가져가 씹기 시작했다. 입에 퍼지는 달짝지근한 향과 부드러운 식감이 만족스러운지 굳은 얼굴이 풀어지기 시작했다.

이때라고 생각한 두식이 짜장면 그릇을 두영 앞으로 옮기며 다정스럽게 말했다.

"짜장면도 좀 먹어. 다 분다. 면은 불면 끝이다."

두영은 이번에 자장면 그릇을 붙잡고 면을 둘둘 말아 먹기 시작했다.

"잘 먹네, 우리 동생. 그래, 그래."

두영의 기분을 띄우듯이 두식이 말했다.

"양자강 꺼지."

두영이 볼이 터지도록 음식을 넣고 우걱우걱 씹었다. 두식이 양념이 묻어있는 접시를 훑어보며 상호명을 찾아보니 양자강이라는 글씨가 보였다.

"이야, 귀신이네. 귀신이야."

두식이 감탄사를 뱉으며 장단을 맞추었다.

본격적으로 먹기 시작한 두영은 혀로 입가에 묻은 양념까지 훑으며 속도를 올렸다. 젓가락을 끄적거리며 먹는 둥 마는 둥 하던 평소와 달리 이번에는 거의 음식을 흡입하는 모습이었다. 두식은 짜장면 양념이 두영의 입 안에 가득하고 두툼한 고기가 목구멍을 넘어가고 있을 때, 그러니까 접시를 다 비우기 전에 본론을 꺼내야겠다는 생각이 들었다.

"맞다. 거 뭐냐, 아버지랑 니네 엄마. 그 납골당이 이전을 한다네?"

두영이 갑자기 동작을 멈추고 고개를 들었다. 무슨 소리인지 집중하는 얼굴이었다. 두식이 머뭇거리는 두영을 보며 말을 이었다.

"그래서 내가. 다른 납골당 알아봤거든. 완전 좋은 데로. 너도 좋지? 두 양반 좋은 데로 모시는 거."

갑자기 돌아가신 부모님 이야기를 꺼내자 두영이 시무룩해진 얼굴로 젓가락을 아무렇게나 헤집었다. 음식을 집거나 먹으려는 것이 아니고 그저 다른 생각을 골똘히 하는 것 같았다. 한참 잘 먹고 있을 때 이런 이야기를 꺼내서 목적을 달성하려니 양심에 가책이 조금 느껴졌지만, 두영의 얼굴을 봐서는 성공할 것 같다는 느낌이 들었다.

"그래서 서류를 좀 해가야 되는데. 나만 동의하면 안 된다네? 너도 자식이라고 위임장을 받아오래나 뭐래나. 졸라 귀찮게 말이야. 하여튼 뭐 좀 잘 해놓으면 시스템이 존나 복잡해져."

두영의 입가에 주름이 잡히면서 눈매가 깊어졌다. 고개를 살짝 갸우뚱하는 모양이 믿으려다가도 뭔가 의심스럽다는 얼굴이었다. 이마에 식은땀이 한 줄기 흘러내렸지만 두식은 조용히 소매로 땀을 훔치며 집중했다. 두식을 교도소로 가게 만든 사기꾼 기질이 발동하는 순간이었다. 상대의 반응을 잘 살피면서 흐름을 잡고 있었다.

"그래서."

두영이 냉랭한 목소리로 말했다. 어딘지 석연치 않았지만 부모님과 관련된 이야기라 섣불리 판단하기는 어렵다고 생각한 모양이었다. 두식은 짜장면과 탕수육까지 대령한 노력이 물거품이 되지 않도록 슬쩍 미끼를 던졌다.

"니 인감도장 어딨니?"

두영이 포크를 식탁 위에 내려놓았다. 둔탁한 소리가 허공에 울렸고, 두영은 알 수 없는 곳에 시선을 두었다.

"납골당 이전하는데 인감이 왜."

두식이 눈을 깜빡거리며 재빨리 머리를 굴렸다.

'여기서 물러서면 안 된다. 제 발 저린 도둑처럼 움찔거리면 다 끝이다. 이럴 때는 적반하장 전법을 쓰는 수밖에.'

속으로 중얼거리던 두식이 입을 내밀며 두영을 몰아붙였다.

"너 이 개새…… 지금 이 리액션은 내가 니 인감으로 사기라도 칠거다 이런 정보냐? 야, 정말, 존나 서운하다. 아무리 그래도…… 됐어! 집어 쳐!"

버럭 소리를 지르자 두영이 고개를 갸웃거렸다.

"그냥 두 양반 뼛가루 양재천에 갔다 뿌릴 라니까!"

"내 말은 그렇다는 게 아니라……."

미안한 기색을 보이며 두영이 한 발 물러섰다. 걸려들었다는 느낌이 훅 들어오는 순간이었다. 두식이 한쪽 입꼬리를 씩 올리며 희미한 미소를 지었다. 작전 성공이었다.

"삼 천 씨씨 중에선 이 모델이 연비가 아주 잘 빠졌어요."

양복을 말끔하게 차려입은 직원이 미소를 띠며 친절하게 설명했다. 두식은 동의한다는 듯이 고개를 끄덕이며 전시된 차들을 둘러보았다. 반짝거리며 광택을 내는 신차들이 눈에 들어왔다.

"풀 옵션 하면 얼마나 하나?"

두식이 바로 앞에 있는 차를 향해 고갯짓을 하며 말했다.

"잠시만요."

직원이 빠른 동작으로 브로슈어를 들고 와 실질적인 숫자 계산을 시작했다.

"장애인 혜택 되죠?"

"네?"

종이에 얼굴을 들이밀고 집중하고 있던 직원이 고개를 들어 되물었다. 두식이 장애인인지 눈으로 훑으며 확인하는 눈치였다. 그러다 곧 무슨 의미인지 알아채고 고개를 돌려 다른 직원의 위치를 확인했다.

"잠시만요."

직원이 정확한 조건을 알아보기 위해 자리를 비운 사이 두식은 흡족한 표정을 지으며 손으로 차 표면을 부드럽게 쓰다듬었다. 밥을 안 먹어도 배가 불러오는 기분이었다. 두식은 신차를 타고 서울 도로를 시원하게 달리는 모습을 떠올리며 콧노래를 흥얼거렸다.

신차 계약을 마친 두식은 두둑해진 통장을 떠올리며 휴대폰 가게로 직행했다. 고민할 것도 없이 최신 기종을 선택한 두식은 이번에도 직원에게 장애인 혜택이 되는지 물었다. 직원은 이런 경우가 많았다는 듯 빠르게 등록을 진행했다.

개통된 최신 휴대폰까지 주머니에 넣고 밖으로 나오자 두식은 기분이 한껏 들떴다. 두영의 인감은 마법의 열쇠나 다름없는 위력을 발휘했다. 전과자인 자신과 달리 은행에서 대출을 단번에 승인시켜주고 통장에 두둑하게 돈을 넣어주는 마법이었다. 두식이 쾌활한 얼굴로 오늘의 최종 목적지를 떠올렸다. 벌써부터 귓가에 쿵쾅거리는 음악과 함께 아리따운 여자들의 목소리가 들리는 것 같았다.

두영은 마당에 있는 평상에 앉아 수현과 햇볕을 쬐고 있었다. 수현은 두영의 손에 마카롱 하나를 쥐어주었다.

"먹어 봐. 마카롱."

두영이 입에 노란색 마카롱을 넣고 한 입을 깨물었다.

"어디서 사 왔게."

수현이 흐뭇하게 쳐다보며 물었다.

"이촌동."

두영은 입 안에 감도는 달콤한 맛과 코끝에 스치는 향을 기억해내고 씩 웃었다.

"너 이거 엄청 좋아하잖아."

두영이 맛있게 먹는 모습을 보자 덩달아 기분이 좋아진 수현이 들뜬 목소리로 말했다.

두영은 손에 쥔 것을 금세 다 먹고 손을 뻗어 마카롱을 하나 더 집었다. 바삭거리며 마카롱을 베어 먹는 소리가 들렸다. 눈치를 보던 수현이 분위기가 좋은 틈을 타 조심스럽게 입을 열었다.

"두영아."

두영은 먹으면서도 귀를 쫑긋하는 표정이었다.

"운동 말이야. 다시 하자."

두영이 고개를 돌려 눈썹을 치켜떴다. 무슨 말을 하느냐고 말하는 얼굴이었다.

"눈도 안 보이는데 운동을 어떻게 다시 해요."

두영이 우울한 기색을 보이며 투덜거렸다.

"오해 하지 말고 들어. 알아 봤는데…… 장애인 올림픽 국가 대표 팀이 있어. 거기에 들어가면 넌 무조건……."

두영이 수현의 말을 자르며 벌떡 일어났다. 달달한 마카롱은 이미 내려놓은 채 딱딱하게 굳은 얼굴이었다. 장애인 올림픽이라는 말을 들은 두영은 입술을 바르르 떨며 몸이 달아오르고 있었다. 집으로 들어가 버리고 싶은데 앞이 보이지 않아 섣불리 걸음을 걸을 수도 없었다.

두영이 주먹을 불끈 쥔 채 엉거주춤 앞으로 나아갔다. 현관으로 이어진 몇 개의 계단을 오르는데도 중심을 잡지 못해 몸이 휘청거렸다. 현관 앞에 선 두영이 우두커니 걸음을 멈춰 섰다. 그 모습을 지켜보던 수현이 안타까운 얼굴로 두영을 응시했다.

"이 집에서 이십 년을 살았어요. 근데도 내 방 하나 못 찾아가요. 코치님, 내가 유도를 한다고요. 그런 걸 뭐라 그러는 줄 알아요?"

두영이 바로 말을 잇지 못하고 얼굴이 붉어졌다. 직접 제 입으로 말을 내뱉는 것조차 서글픈 표정이었다.

"병신 육갑한다 그래……."

말을 마친 두영이 집 안으로 들어가며 탁 소리가 나게 현관 문을 닫았다. 두영이 내뱉은 말이 공허하게 울리며 수현의 가슴을 아프게 파고들었다.

평상에 혼자 남은 수현이 쓸쓸한 기운에 얼굴을 쓸어내렸다. 세상으로부터 문을 닫아걸고 자신을 비하하는 두영에 대한 걱정으로 머리가 복잡했다.

"니가 왜 병신이야. 이촌동 맛도 알아채면서."

수현이 한숨을 쉬듯 혼잣말을 중얼거렸다.

바닥에 떨어져 있는 마카롱을 본 수현이 그것을 손으로 주워 입 안에 집어넣었다. 분명 달달한 맛이 나야 하는데 어쩐지 모래를 씹은 것처럼 텁텁하고 쓰게 느껴졌다.

클럽을 지키는 직원에게 차키를 맡긴 두식은 옷깃의 각을 잡으며 기세등등한 걸음으로 입장했다. 바에 앉아 맥주를 마시며 리듬을 타면서도 주변을 살피는 것을 게을리 하지 않았다. 진동이 울릴 정도로 쿵쾅거리는 음악과 번쩍거리는 조명이 어우러지자 흥이 달아올랐다. 두식은 마치 진흙 속에서 진주를 찾아내려는 기세로 아리따운 여인을 찾아온 신경을 집중했다.

"날을 제대로 잡았구만."

가볍게 박자를 맞추며 손을 까닥거리는 두식의 얼굴에는 미소가 번졌다. 두식이 남은 맥주를 벌컥벌컥 들이마시고 자세를 고쳐 앉는 순간이었다. 긴 다리를 뻗고 건너편에 우아한 자태로 앉아 있는 여자와 눈이 마주쳤다. 하얗다 못해 창백해 보이는 여자는 찰랑거리는 긴 머리를 쓸어내리며 시선이 마주친 두식의 얼굴을 응시했다. 두식은 작전신호를 보내는 군인처럼 시간차를 두며 여자에게 눈짓을 했다. 여자가 눈을 찡긋하며 반응하는 순간, 두식은 슬쩍 미소를 날리며 기대에 부푼 얼굴로 여자를 향해 움직이기 시작했다.

새로 뽑은 아우디는 핸들을 돌리는 대리운전기사에 의해 방향을 바꾸고 있었다. 두식은 뒷좌석에 앉아 눈이 맞은 여자와 뜨거운 열기를 나누고 있었다. 코끝에 스치는 달콤한 향기와 손길마다 느껴지는 부드러움에 두식은 아이스크림처럼 녹아내리는 기분이 들었다. 얼마만의 감각인지 두식은 온몸이 다 저릿할 지경이었다.

대리운전기사는 두식과 달리 점점 열을 받고 있었다. 무려 네 번째 모텔에서도 퇴짜를 맞고 나오는 중이기 때문이었다. 두식은 창가의 비치는 풍경을 힐끔거리며 시간을 가늠하고 있었다. 모름지기 흐름을 깨지 않는 것이 가장 중요하다는 생각 때문이었다.

"저기요. 여기도 빈방 없다는데."

불쑥 대리운전기사의 냉랭한 목소리가 날아들었다.

여자의 부드러운 입술을 음미하던 두식은 한 손을 들어 휘휘 내저었다. 다른 곳으로 가자는 뜻이었다. 대리운전기사가 거울로 아무것도 신경 쓰지 않는 듯 여자에게 열심히 장단을 맞추고 있는 두식을 보고 아랫입술을 질끈 깨물었다. 소리는 내지 않았지만 입으로는 연신 욕지거리를 하고 있었다.

끼익, 신경질적으로 핸들을 돌린 덕분에 차가 덜컹거리며 몸이 오른쪽 방향으로 덜컥 쏠렸다. 여자가 킥 하고 웃음을 흘리면서 자세를 바꿔 두식의 목에 가볍게 키스를 했다. 두식은 살결에 느껴지는 숨을 느끼며 힐끗 백미러를 확인했다. 대리운전기사가 인상을 쓴 채 주변 모텔들의 간판을 올려다보고 있었다. 두식은 모른 척 시선을 돌려 다시 여자의 가느다란 목덜미를 가볍게 쓰다듬었다. 차가 속도를 높이며 골목을 빠져나가고 있었다.

얼마 후 동호대교를 건너던 중 갑자기 대리운전기사가 비상등을 켜고 차를 멈춰 세웠다. 급격한 정차에 놀란 두식이 고개를 두리번거리며 주변을 살폈다. 한쪽 옆으로는 차들이 빠른 속도를 내며 달리고 있었고 다른 쪽으로는 고요히 흘러가고 있는 한강이 보였다. 두식이 어리둥절한 얼굴로 앞을 바라보자 신경질이 잔뜩 난 대리운전기사가 거칠게 차문을 열고 내렸다.

"그냥 차에서 해, 해, 해!"

꾹꾹 눌러 담아두었던 화를 터뜨리며 대리운전기사가 마구 소리를 질러댔다. 두식이 황당한 얼굴로 뒤따라 내리자 쌩쌩 차들이 지나가며 일으키는 거센 바람이 느껴졌다. 두식은 슬쩍 몸을 움츠리며 소리쳤다.

"아저씨! 야!"

대리운전기사는 어찌나 빨리 걸음을 걷는지 이미 차에서 멀찌감치 떨어져 있었다. 두식이 목청껏 소리를 질러대도 앞만 보고 성큼성큼 걸어갔다.

열이 바짝 오른 두식이 더 크게 소리쳤다.

"야 이 새끼야!"

그 순간 대리 운전기사가 휙 몸을 돌리더니 주먹을 허공으로 들어올렸다. 그리고 재빨리 걸음을 옮기며 보이지 않을 만큼 시야에서 멀어졌다. 두식이 기가 차다는 얼굴로 허공을 향해 혀를 찼다.

"아 진짜 씨. 직업 정신이 황이야 황!"

두식이 허리에 손을 올리고 혼잣말을 구시렁댔다. 차 안에서 둘을 번갈아 보던 여자가 입을 쭉 내밀고 이제 어쩔 거냐는 얼굴을 했다. 할 수 없이 두식은 운전석에 올라 직접 시동을 걸었다. 비상등이 꺼지고 서서히 움직이기 시작한 차가 동호대교를 따라 달리기 시작했다.

차에서 내린 두식은 여자의 손을 잡고 집 앞으로 이끌었다. 최대한 소리가 나지 않도록 조심스럽게 대문을 열고 마당 안을 슬쩍 들여다보였다. 창문에는 불빛 하나 켜져 있지 않았다. 두식은 이미 밤이 깊었으니 두영이 잠이 들었을 거라고 생각했다.

두식이 손짓을 했다. 대문 앞에서 잠시 기다리던 여자가 신호를 알아채고 마당으로 들어섰다. 잠시 멈칫한 여자는 집 외관을 훑어보더니 눈을 가늘게 치켜뜨고 말했다.

"오빠네 집 여기……"

허공에 말소리가 울리자 두식이 재빨리 손가락을 들어 입술에 갖다 대었다. 그리고 여자의 귀에 속삭였다.

"집에 미친개가 한 마리 있어. 깨면 시끄러우니까 오빠 손잡고 사뿐하게 걷자."

여자는 두식의 말을 듣더니 살짝 고개를 끄덕이며 긴장된 얼굴을 했다. 그리고 까치발을 들고 느린 동작으로 걸어가며 발소리를 죽였다.

현관 앞에서도 집 안에서 새어나오는 불빛은 보이지 않았다. 두식은 부드럽게 손목을 돌려 현관문을 열고 집 안으로 들어섰다. 한 손으로는 여자의 손을 꼭 잡고 있었다. 두식과 여자가 몸을 들이밀며 함께 발을 들여놓은 순간이었다. 움직임 감지한 센서가 반응하면서 전등에 불이 팟 들어왔고 주변이 환하게 밝아졌다.

"으아!"

잔뜩 움츠리고 있던 두식과 여자는 불에 덴 듯 놀라 소리를 질렀다. 바로 앞에는 괴기스러운 얼굴을 한 두영이 서 있었다.

"아, 안 잤어?"

당황한 두식이 말을 더듬거렸다.

"오빠. 미친개가 사람이었어요?"

백치미를 가진 여자가 눈치도 없이 되물었다. 두영이 인상을 팍 일그러뜨리면서 어이없다는 듯 표정을 지었다.

"미친개?"

궁지에 몰린 두식이 식은땀을 흘렸다. 상황을 살피는 여자의 얼굴이 급속도로 냉랭해지고 있었다.

"아니 꼭 그렇다는 게 아니고. 그러니까 집을 지키고 있는……."

다급해진 두식이 변명을 늘어놓았다.

"그래, 미친개한테 물어뜯기기 전에 빨리 꺼져!"

두영이 소리를 버럭 지르자 분위기가 순식간에 얼어붙었다.

여자는 두식의 손을 거칠게 뿌리치더니 열이 오른 얼굴로 싸늘하게 흘겨보았다. 두식이 무언가 말을 하려던 찰나 여자는 말릴 새도 없이 뒤로 돌아 현관을 박차고 나가버렸다.

쿵, 문이 닫히고 나자 두식은 짜증이 치밀었다. 오늘은 손에 꼽힐 만큼 일진이 술술 풀렸던 날이었다. 덩달아 두식의 기분도 절정으로 상승하려던 참이었다. 그런데 두영이 미친개처럼 버럭 소리를 치는 바람에 마지막에 물거품이 되어 버렸다.

여자가 갔다는 걸 알아챈 두영이 벽을 더듬거리며 제 방으로 돌아갔다. 느린 동작으로 어둠 속으로 사라지는 두영을 보며 두식은 신발을 거칠게 내던졌다. 그리고 짜증스럽게 머리를 털며 방으로 들어갔다.

눈가에 쏟아지는 빛이 느껴졌다. 아침이었다. 오랜만에 술을 잔뜩 마신 탓에 두식은 속이 더부룩했다. 간지러운 배를 벅벅 긁으며 방에서 나오자 두영이 주방 식탁에 앉아 있었다. 두식이 맞은편 소파에 털썩 몸을 던지며 두영을 쏘아보았다. 정신이 맑아지면서 두식은 간밤에 있었던 일이 다시 떠오르고 있었다. 참는 것을 가장 못하는 두식이 기어코 입을 열어 볼멘소리를 했다.

"야, 사람이 어? 경우라는 게 있는 거야. 학벌, 돈, 아무것도 없어도. 경우가 뭔지 알면 어디서나 먹고산단 말이다, 어? 내가 장님 너를 돌본다고 솔선수범 나섰는데, 넌 경우 없이 개진상을 부려? 씹새야?"

두영은 하나도 들리지 않는 사람처럼 무심한 표정으로 손을 뻗었다. 몸을 기울여 잠시 주변을 탐색하더니 옆에 놓인 전화를 집어 들었다. 그리고 몇 개의 버튼을 누르고 목소리로 전화를 걸기 시작했다.

"주민센터."

"너 어디다 전화 하냐?"

위험을 직감한 두식이 신경을 곤두세웠다.

"네, 복지과 부탁드립니다."

"복지과는 왜!"

두식이 상체를 벌떡 일으키며 소리쳤다.

불길한 예감은 언제나 틀리지 않는 법이었다. 두영은 두식이 옆에 없는 것처럼 행동하며 통화를 이어갔다.

"안녕하세요. 지난번에 저희 집에 오셨잖아요. 고두영이라고. 네, 네. 안녕하세요. 다름이 아니라 그때 시설에 들어가면 어떠냐고 안내해 주셨잖아요? 생각해보니까 지금 상황보다는 그게 나을 거 같아서요."

두영은 평소보다 더 또박또박 발음하며 확고한 의견을 피력

했다.

당황한 두식이 숨은 의미를 파악하기 시작했다. 두영이 시설에 들어가면 자신이 이 집에 있어야 할 이유가 사라지는 것이었다. 이유가 사라진다면? 보나마나 꼼짝없이 교도소로 돌아가야 할 터였다.

"너 뭐해 새끼야!"

두식이 눈을 크게 뜨며 급박하게 외쳤다.

"네, 저 그럼요. 궁금한 게 있는데요. 저 돌봐준다고 가석방 받은 범죄자는 다시 교도소로 들어가게 되나요?"

두영은 작정한 얼굴로 확인 질문을 했다.

두식이 발을 동동 구르며 주변을 서성거렸다. 통화가 계속되었다가는 복지과에서 당장이라도 집을 방문해 두영을 데려가고 자신을 교도소로 돌려보낼지도 몰랐다.

두식이 허둥지둥 다가가 전화기를 뺏으려고 팔을 뻗었다. 두식의 움직임을 감지한 두영이 필사적으로 방어하며 수화기를 향해 외쳤다.

"도움이 전혀 안 되고 있어서요!"

두식이 몸을 날리듯이 던져 휴대폰을 쟁취했다. 황급히 종료를 누르자 스피커를 통해 흘러나오던 직원의 목소리가 뚝 끊어졌다.

두식이 목에 핏대를 세우며 두영을 향해 소리쳤다.

"미친 새…… 야! 너 돌았어, 새끼야!"

두영은 할 말을 다 하지 못한 것이 분한지 주먹을 쥐고 허공을 노려보고 있었다. 잠시 말이 없던 두영이 무거운 목소리로 말했다.

"너 때문에 돌겠어. 너 없이도 그럭저럭 살았어. 이렇게 되니까 더 잘 살 수 있을 거 같다. 너 없이 나 혼자서. 알겠어? 제발 꺼져."

말을 마친 두영이 몸을 일으키자 의자가 거친 소리를 내며 바닥에 끌렸다. 천천히 몸을 돌린 두영이 이제는 제법 익숙해진 동작으로 벽을 더듬으며 방향을 잡았다. 그리고 한 발씩 옮기며 방을 찾아 들어갔다.

"식겁이야, 씨. 아 새끼 성질 있네."

두식이 숨을 돌리며 가슴을 쓸어내렸다.

창가에는 청명한 하늘이 보였다. 비몽사몽간에 한바탕 난리를 치른 것과는 달리 고요하고 평화로운 풍경이었다. 기운이 빠진 두식이 소파에 털썩 주저앉았다. 그때 방에서 요란하게 벨소리가 울리기 시작했다.

연락을 받고 찾아온 약속장소는 동네 근처에 있는 카페였다.

두식은 자리를 잡고 앉자마자 창밖으로 지나가는 여자들을 눈으로 바쁘게 쫓았다. 그때 멀리서 지난번에 집에서 처음 만났던 수현이라는 여자가 카페 안으로 들어왔다. 훈련을 하다가 왔는지 운동복을 입고 온 수현은 코치라는 직업과 어울리는 몸매를 가지고 있었다. 탄탄한 근육과 건강미 넘치는 분위기가 매력적인 여자였다. 두식은 수현에게서 시선을 거두고 다시 창가 너머로 지나가는 여자들을 구경하기 시작했다.

"저기요."

수현이 반대편에 앉으며 두식을 불렀다. 두식이 고개를 까딱거리며 건성으로 인사를 했다. 수현은 한심하다는 얼굴로 두식을 바라보다가 불빛이 번쩍거리는 알람벨을 들고 주문한 음료를 받으러 갔다.

두식은 다리를 꼬고 삐딱하게 앉은 채 손만 뻗어 유리잔을 집었다. 그리고 빨대를 입에 물고 음료를 들이켰다.

두식을 살피던 수현이 의자를 앞으로 당기며 조심스럽게 입을 열었다.

"두영이 아까운 실력이에요. 장애인 국대긴 하지만 운동 계속할 수 있잖아요. 형님이 설득 좀 해 주세요."

"거 뭐 싫다는 애를."

두식이 요란하게 음료를 마시면서 심드렁한 얼굴로 대꾸했다.

"그러니까 잘 설득해야죠! 같이 살면서 자꾸 언급하고 달래고 하면서요."

"나도 한가한 사람도 아니고."

두식이 빨대를 휘휘 저으며 귀찮다는 얼굴을 했다. 그러자 갑자기 말이 없어진 수현이 단호하게 말했다.

"양아치네."

"뭐?"

두식이 자신의 귀를 의심하며 고개를 들었다. 수현은 두식의 눈을 피하지 않고 마주보면서 범죄자를 취조하는 형사처럼 다그쳐 묻기 시작했다.

"형님 그쪽 차 쩔더라? 그거 무슨 돈으로 뽑은 거야? 두영이 장애인 등록도 다 했던데? 열라 바쁜 양반이 그런 걸 알아서 다 했네?"

허를 찔린 두식이 당황해서 빈 빨대를 빨았다. 유리잔에서는 공기가 새는 소리가 나며 거품이 일었다.

"나한테 관심 있어? 난 체육인 별로인데."

두식이 화제를 돌렸다.

"돌았어요?"

수현이 발끈해서 소리쳤다.

"그러게 왜 오지랖 넓게 간섭이야!"

두식이 위협적으로 인상을 찡그렸다. 그러나 수현은 눈 하나 깜짝하지 않고 말을 이었다.

"애가 무서워서 밖을 안 나오잖아! 아무리 친형 아니라지만 너무 하네. 두영이 몇 개월째 집에만 있다구요. 얼마나 답답하겠어, 운동하던 애가!"

수현이 답답하다는 얼굴로 분노를 토로했다. 두식은 자신이 두영이 엄마도 아닌데 이래라 저래라 하는 것이 마음에 들지 않았다. 수현이 이러는 건 남의 집 사정도 모르면서 오지랖이나 부리는 짓이라는 생각이 들었다.

"그렇게 짠하면 니가 데리고 다니세요. 아, 나 진짜."

두식이 테이블을 손으로 탁탁 내리쳤다.

"그래도 형제잖아. 형제라는 사람이……."

형제라는 말을 듣는 순간 두식은 어깨가 뻣뻣하게 굳어지는 기분이었다. 그게 자신과 관련이 있는 말인가 싶었다. 더 이상 수현의 말을 듣기가 불편해진 두식이 말을 자르고 끼어들었다.

"낯간지러운 얘기 할 거면, 난 바빠서 이만."

두식이 수현과 눈도 마주치지 않고 자리에서 일어났다. 그리고 거칠게 옷을 털어내며 입구를 향해 저벅저벅 걸어갔다.

"피 하나 안 섞여도 가족처럼 사는 사람 많다구!"

두식의 등 뒤로 수현의 애타는 목소리가 날아들었다.

큰소리가 들리자 카페 안에 있던 손님들이 말을 멈추고 두식과 수현을 힐끔거렸다. 멈칫하던 두식이 기분이 상한 듯 구시렁댔다.

"가족은 지랄."

문을 열고 나오자 가족이라는 관계로 엮인 복잡한 인간들에 대한 기억들이 물밀 듯이 밀려들었다.

두식은 자신에게 가족이라는 게 있었다면 그 사실을 알기 전까지라고 생각했다. 그러니까 감나무 아래 있던 평상에서 어린 두영에게 기타를 가르치던 그날까지.

어린 두영은 두식이 손에 붙들고 있던 기타가 신기했는지 보기만 하면 가르쳐 달라고 조르고는 했었다. 그날도 두식은 교복도 벗지 못한 채 두영에게 이끌려 기타를 가지고 자세를 잡고 있었다. 두식은 가르쳐줄 요량으로 두영의 작은 손가락을 움직여 코드를 잡아주었다. 어린 두영은 형을 따라 멋대로 줄을 튕겨냈고 순간 팽팽해진 기타 줄이 살을 스치면서 불그스레해졌다. 따끔한 느낌을 받은 두영이 아야 하고 소리를 내며 손가락을 입에 넣고 입김을 불었다.

"거봐. 아프지? 넌 아직 어려서 이거 치기 힘들어. 나중에 너 좀 더 크면 형아가 꼭 가르쳐 줄게."

고등학생이었던 두식이 두영을 달래며 약속했다.

"진짜지? 꼭 가르쳐 줘야 돼. 꼭! 약속!"

두영이 작은 손가락을 들어 두식에게 내밀었다. 두식은 그 모습이 귀여워 작게 웃음을 터뜨리며 물었다.

"응, 형이 좋아? 아빠가 좋아?"

"형아."

두영은 몇 초의 고민도 하지 않았다. 두식은 작은 입을 오물거리며 대답하는 어린 두영을 귀여워하며 머리를 쓰다듬어 주었다.

한참 화기애애한 시간을 보내고 있던 그때 불쑥 집으로 찾아온 동네 아주머니가 두식을 향해 물었다.

"두영이 엄마는?"

"일 가셨는데요."

두식이 기타를 옆에 놓으며 대답했다.

"일 해? 두영이 엄마?"

아주머니가 놀란 얼굴로 되물었다. 두식은 아주머니가 무엇 때문에 놀라는지 몰라 어리둥절한 표정으로 말했다.

"네, 식당에 잠깐 나가신데요."

두식의 말을 들은 아주머니가 혀를 차며 눈길을 돌렸다. 무슨 생각이 스치는지 입을 삐죽거리며 고개를 가로저었다.

"돈도 벌면서 빌린 돈 빨리 갚으라고 밤낮 전화니. 보통내기
가 아니야, 하여튼."

아주머니가 혀를 차며 비꼬았다. 그러자 두식이 발끈해서 물
었다.

"네?"

분위기가 냉랭해지자 어린 두영의 표정이 굳어졌다. 두식은
두영 앞에서 나쁘게 말하는 게 화가 나서 눈에 힘을 주고 경고
하듯 말했다.

"아줌마. 우리 어머니한테 말씀 그렇게 하지 마세요."

아주머니는 두식이 똑바로 쳐다보며 말하는 모습이 마음에
들지 않았는지 눈살을 찌푸렸다. 잠시 두식을 살피던 아주머니
가 적선하듯 말을 뱉었다.

"너도 참 배알 없다."

그날 두식은 자신의 가족에 대해 동네에 떠도는 이야기와 남
들이 수군거리는 말들을 모두 전해 듣게 되었다. 두식은 열이
오르다 못해 속이 부글부글 끓어오르는 기분이었다. 불쌍하게
죽어간 엄마가 죽어서까지 모두의 웃음거리가 되었다는 생각
에 열이 확 뻗쳐올랐다. 두식은 새엄마와 아버지, 그리고 두영

과 시시덕거리며 보낸 시간들이 모두 배신감으로 뒤덮이는 것을 느꼈다. 눈이 뒤집히는 기분에 몸이 부들부들 떨리기 시작했다.

날이 저물자 새엄마와 아버지가 집에 들어왔다. 두식은 다정하게 대화를 나누는 두 사람을 보자 마치 기름을 부은 듯 분노가 치밀었다. 두식은 아버지를 죽일 듯이 노려보며 마구잡이로 물건을 내던지기 시작했다. 대부분 두영과 두영의 엄마인 새엄마가 들어오면서 새로 생긴 물건들이었다.

하나 둘 바닥에 와장창 부딪치고 깨지면서 집안은 태풍이 휩쓸고 지나간 것처럼 변해갔다. 어린 두영은 구석에 숨어 하얗게 질린 얼굴로 울먹이고 있었다.

"죽어가는 우리 엄마 간병하면서. 얼른 죽어라, 죽어라 했겠네! 아버지랑 알콩달콩 애 낳고 살게 얼른 좀 가버려라 했겠어!"

두식이 안방으로 들어가 아버지를 향해 절규하듯 소리쳤다. 아버지 옆에서 울고 있던 새엄마가 애처로운 표정으로 두식에게 다가왔다.

"두식아, 그런 거 아니야."

달래듯 타이르는 새엄마의 목소리. 평소에는 편하고 다정한 목소리였지만 모든 사실을 알고 나서는 아니었다. 이제 두식에게는 죽어가는 엄마를 괴롭히고, 아무것도 모르는 자신을 속인 목소리일 뿐이었다.

두식이 주먹을 불끈 쥐고 분노로 이를 악 다물었다.

"어떻게들 그럴 수가 있어요. 어떻게! 엄마는 알아요? 두 사람 그렇고 그런 사인 거 다 알고 간 거야? 그래요?"

아버지는 이 상황에도 문이 열린 틈새로 밖을 살피며 거실에 있는 어린 두영에게 신경을 쏟았다.

"목소리 낮춰. 두영이 어리다."

머리에 두통이 이는지 아버지가 한 손으로 관자놀이를 누르며 말했다.

"어린 두영이는 신경 쓰이면서, 죽어가는 엄만 신경도 안 썼어요!"

두식이 허공에 거칠게 손짓을 하며 따졌다.

"······."

"그렇게 가만히 있지 말고 무슨 말이라도 해보라구요."

두식이 다그치자 아버지가 고개를 들더니 애처로운 말투로 말했다.

"그땐 니가 너무 어렸고······."

"어려서 뭐요? 혹시 평생 속이려고 했어요? 사람들이 나보고 뭐라 그러는 줄 알아요? 지 엄마 간병 하던 사람을 엄마, 엄마 그러고 시시덕거린다고. 배알도 없는 놈이라고! 그런 건 뭐 괜찮아. 그렇다고 쳐요. 근데…… 나중에 우리 엄마 얼굴 어떻게 봐? 어? 아부지! 나 어떻게 엄마 얼굴 보냐고!"

두식은 억장이 무너지는 심정이었다. 믿었던 가족들이 거짓말을 했다는 생각이 들자 세계가 산산조각 나며 부서지는 기분이었다. 동네 사람들이 자신을 향해 손가락질을 해대며 수군거리는 말들이 사방에서 쏟아지는 착각이 일었다.

두식은 울컥 울음이 터졌다. 병상에 누워있던 엄마의 핏기 없고 창백한 얼굴이 눈앞에 어른거렸다. 자신까지 엄마를 외롭게 죽도록 만들었다는 생각에 죄책감이 밀려왔다.

"씨발, 병신 같아."

두식이 험하게 욕지거리를 하며 괴로워했다. 이 역겨운 집구석에서 벗어나 영원히 사라져버리고 싶었다. 지금이라도 엄마 편을 든다면 죽어서 엄마를 볼 낯은 생기겠지. 두식은 엄마의 마지막 숨결을 떠오르자 감정이 복받쳐 올랐다. 온몸이 감전된 것처럼 전율이 일다가 기운이 쭉 빠지는 느낌이었다. 두식은 텅 빈 눈으로 주저앉아 어미를 잃은 짐승처럼 울부짖었다.

두식이 공허한 눈빛으로 거리를 바라보았다. 복잡한 기억들이 뒤엉키면서 마음이 심란했다. 그렇게 집을 떠나는 게 아니었다고, 두식은 생각했다. 그날 이후 모두가 더 불행해졌기 때문이었다. 아버지와 새엄마가 일찍 돌아가실 줄도 몰랐고, 혼자 잘 살고 있다고 생각했던 두영은 지금 한 줄기 빛도 보지 못하는 상태였다. 두식이 깊게 숨을 들이마시고 내뱉었다. 어디서부터 잘못된 걸까.

생각에 빠져 무작정 걷다 보니 어느새 집 앞이다. 마당에 들어서자 키가 자란 감나무가 서 있었다. 두식은 감나무 주변을 서성거리다 주머니에서 담배를 꺼내어 입에 물었다. 불을 붙이자 작고 환한 빛이 타올랐다가 사라졌다. 담배 끝에는 작은 불덩이가 연기를 내며 타들어갔다.

두식이 답답한 가슴을 달래듯 숨을 들이마셨다. 머리가 핑 돌면서 나른해지는 기분이 감돌았다. 집으로 오는 내내 울적했던 기분이 조금이나마 누그러지는 것 같았다. 불쑥 고개를 돌리자 맑은 날씨에도 커튼 하나 걷지 않은 창문들이 보였다. 애써 가라앉았던 짜증이 울컥 치밀었다. 집을 뛰쳐나갔던 그날 자신만 참고 받아들였다면 그놈의 가족이라는 게 훨씬 나아졌을까. 두식은 가출을 한 후 수백 번 반복했던 질문을 다시 떠올렸다. 후회를 해도 이미 되돌릴 수 없다는 것도 두식은 잘 알고 있었다. 그러나 되돌릴 수 없기 때문에, 답이 없기 때문에, 끊임없이 생각을 하는지도 몰랐다. 모두가 더 행복해졌을지 모른다고.

어느새 담배가 입술에 닿을 듯 짧아져 있었다. 두식은 멍하니 허공을 응시하다가 불현 듯 손가락에 뜨거운 기운을 느끼고 화들짝 놀랐다. 앗, 소리를 내지르며 담배를 내던지고 신경질적으로 발을 비벼 담뱃불을 껐다. 불에 덴 살이 화끈거리자 두식은 괜히 옆에 있는 감나무를 걷어차며 화풀이를 했다. 그러자 이번에는 단단한 나무 기둥에 닿은 발까지 찌릿찌릿하며 통증이 일었다. 일진 사나운 하루가 흘러가고 있었다.

잠을 자고 있던 두영은 꿈속에서 사고가 있던 경기장으로 돌아가 있었다. 독일 선수가 위압적으로 다가오며 눈을 부릅떴다. 두영은 마치 자신이 먹이사슬 아래 있는 초식 동물이 된 기분이 들었다. 독일선수의 몸은 부풀어 올라 더 크고 강한 근육을 가지고 있었다.

도복을 입은 두영은 독일 선수를 정면으로 마주보고 방어를 하고 싶었지만 먹구름이 가득한 것처럼 눈앞이 잘 보이지 않았다. 커다란 물체가 획획 지나가는 것처럼 팔과 다리가 공격적으로 날아들었고 두영은 뒤로 물러나며 비 오듯 식은땀을 흘렸다.

"컴온. 히얼, 베이비 히얼."

상대선수가 약을 올리는 소리가 들렸다. 두영이 아랫입술을 깨물고 눈을 재빠르게 비볐지만 점점 더 어두워지며 시야가 좁아들고 있었다. 보이지 않는 채로 주먹을 불끈 쥐고 팔을 마구 휘둘렀지만 상대선수에게는 한 번도 닿지 않았다. 바람을 가르는 소리를 내며 허공을 휘적거리면서 두영이 진땀을 빼고 있었다.

상대선수의 공격에 밀린 두영이 뒷걸음치며 서서히 매트 끝으로 몰렸다. 완전히 앞이 보이지 않자 사방에서 맹수들이 달려들어 자신을 물어뜯을 것 같은 공포에 사로잡혔다. 무덤 속에 갇혀 혼자 주먹질을 해대는 기분이었다.

두영이 매트 선까지 다다랐을 때 매트 아래는 까마득한 벼랑으로 변해 있었다. 아무것도 보지 못하는 두영이 상대선수의 기합에 귀를 틀어막으며 괴로워했다. 그리고 소리치며 달려는 소리에 놀라 두영이 매트 밖으로 한 발을 옮기는 순간이었다. 끝없는 벼랑 아래로 추락하며 허공을 찢을 듯한 비명을 질렀다. 심장이 덜컹거리며 사방에서 아찔한 공포가 밀려왔다.

"헉, 헉."

거친 숨을 몰아쉬며 벌떡 일어났다. 불이 꺼진 어두운 방에서 두영은 잔뜩 겁에 질린 얼굴이었다. 잠에서 깨어났는데도 앞이 보이지 않는 어둠이 그대로라는 사실이 절망감을 불러왔다. 온몸이 식은땀으로 흥건해서 옷이 축축했다. 귀에는 독일 선수의 공격적인 기합이 계속 반복되며 귓가를 울렸다. 두영은 그 소리가 자신을 궁지로 몰아넣으며 온몸이 굳어지도록 만든다는 것을 알았다. 헤어 나올 수 없는 어둠 속에 그 소리와 갇혀 버린 끔찍한 기분이 들었다.

두영이 두 팔을 허겁지겁 더듬거리면서 주변을 살폈다. 그리고 침대에서 내려와 허공에 팔을 휘휘 저어보았지만 아무것도 잡히지 않았다. 두영은 다리가 덜덜 떨려와 자세를 낮추고 방바닥을 짚으며 앞으로 나아갔다. 방향이 어긋나면서 벽으로 향하거나 문 옆으로 가 닿았지만 밖으로 나아가려는 두영의 애처로운 몸짓은 계속되었다.

두영이 향하는 곳은 두식의 방이었다. 누구든지 이 악몽에서 꺼내주었으면 하는 생각뿐이었다. 급한 대로 사방을 더듬거렸지만 자신이 소파 아래인지 현관 옆인지 알 수가 없었다. 두려움에 눌린 두영은 방향감각을 완전히 상실했고, 귀에 맴도는 소리가 그치지 않아 괴롭기만 했다.

두영이 가쁜 숨을 내쉬며 그대로 자리에 누워 몸을 웅크렸다. 벽을 등에 기댄 것 같았지만 자신이 어디에 있는지는 알 수 없었다. 절망감이 두영을 휘감았다. 꿈이 이어지지 않기를 간절히 바라며 다시 눈을 감았다.

　잠에서 일어난 두식이 부스스한 머리를 털며 입을 쩍 벌리고 하품을 했다. 그리고 방문을 열고 거실로 나오는데 발에 커다란 물체가 걸리면서 앞으로 몸이 쏟아졌다. 가까스로 균형을 잡고 선 두식이 놀란 얼굴로 아래를 내려다보았다. 눈앞에는 누에고치처럼 몸을 말고 잠들어 있는 두영이 보였다. 이불도 덮지 않은 두영은 추위를 타는 듯이 두 손으로 자신의 몸을 감싸고 인상을 찡그린 채 잠들어 있었다. 두식이 왜 여기서 이러고 있는지 궁금해 하는 얼굴로 바라보고 있는데 두영이 부스스 잠을 깼다.

　"뭐 하냐 너?"

　두식이 두영을 향해 물었다. 두영은 간밤에 악몽을 꾸고 나서 여기까지 기어 나온 것이 떠올라 우울해졌다. 게다가 두식이 이런 자신을 보고 있다고 생각하니 민망한 기분이 들었다. 자존심이 상한 두영이 두 팔을 휘저으며 벽을 짚었다. 그리고 맨바닥에서 잠을 자느라 찌뿌둥해진 몸을 일으켜 자신의 방으로 향했다. 허둥지둥 움직이는 모습을 보며 두식은 입가에 힘을 주고 작게 한숨을 내쉬었다.

"애가 답답한지 장난을 좀 친 거 같습니다."

두식은 친절한 상담직원처럼 환하게 미소를 지으며 설명을 하고 있었다. 맞은편에는 복지과에서 찾아온 직원 두 명이 소파에 앉아 두영의 상태를 살펴보고 있었다. 그들은 마치 단서를 찾아내는 형사처럼 눈을 가늘게 뜨고 두영의 얼굴이나 옷, 또는 집안 곳곳을 빠짐없이 훑어보고 있었다.

두영은 두식이 아침부터 난리를 친 덕분에 말끔한 얼굴로 깨끗한 옷을 입고 있었다. 그러나 두식은 불만이 가득한 얼굴로 망부석처럼 앉아있는 두영 때문에 가슴이 조마조마했다. 두영이 입을 열어 괜한 소리라도 한다면 두식의 입장이 난처해질 것이 뻔했다. 두식이 곧 터질지도 모르는 폭탄을 바라보듯 두영을 힐끔 거렸다.

"제가 아무리 잘 한다고 해도 마음의 상처는 어쩔 수가 없나 봅니다."

두식의 말이 끝나기 무섭게 여직원이 두영에게 직접 질문을 했다.

"고두영 씨. 식사는 잘 하고 계세요?"

"신라면, 너구리, 나가사키."

직원들이 갑자기 무슨 말을 하는지 모르겠다는 얼굴로 두영을 쳐다보았다. 두식이 식은땀을 흘리며 허공에 팔을 휘휘 내저었다. 그리고 더 이상 두영의 말이 그들에게 들리지 않도록 유쾌하게 웃음을 터뜨리며 변명했다.

"으허허허허! 혼자 라면을 못 끓여 먹었나 봐요. 종류별로 끓여 달라고 어찌나 조르는지."

남직원이 이해한다는 듯 고개를 끄덕였다.

"두 분 다 남자분이어서 부식이 마땅치 않으면 신청하세요. 복지과에서 김치랑 반찬이 지원되거든요."

"아유, 정말 좋은 일 하십니다."

두식이 과장된 목소리로 대꾸하며 장단을 맞추었다. 여직원은 어딘지 의심스럽다는 표정으로 시선을 떼지 않고 두영의 얼굴을 살폈다. 그 모습을 옆에서 보고 있는 동안 두식은 등에서 식은땀이 흘러내렸다.

잠시 정적이 흐르고 여직원이 시선을 거두었다. 그리고 가방에서 서류를 꺼내 무언가를 끄적거리고서 두식을 향해 말했다.

"동생분이 환경이 바뀌면서 자칫 우울증으로 갈 수도 있거든요. 형님 계시니까 가까운 데 산책도 하시고, 음악 공연 같은 데도 데려 가면 좋을 거 같아요."

"그럼요. 일광욕 중요하죠."

두식이 고개를 끄덕이며 두영의 눈치를 보았다. 두영은 여전히 무표정한 얼굴로 입을 굳게 닫고 있었다. 기분이 좋은지 나

뻔지 구분하기 어려운 애매한 표정이었다.

'한 번 더 두고 보겠다는 생각인가?'

두식이 속으로 중얼거리며 자리에서 일어나는 복지과 직원들을 따라나섰다. 두영은 굳어버리기라도 한 것처럼 그대로 앉아 허공을 응시하고 있었다.

직원들이 돌아가자 두영은 편한 옷으로 갈아입었다. 두식은 위기를 넘기고 나자 다리에 힘이 풀리는 기분이었다. 두영의 심기를 건들이지 않고 한동안 얌전하게 굴기로 전략을 바꾸고 집안일을 시작했다.

먼저 산더미처럼 쌓인 빨래를 돌리고 마당으로 가지고 나왔다. 두식이 엉켜있는 빨래를 꺼내어 힘을 들여 탁탁 털 때마다 향기로운 냄새가 일었다. 오후의 볕에 깨끗한 옷과 수건들을 널고 있으니 기분까지 후련해지는 것 같았다. 두식은 문득 복지과 직원의 말을 떠올리고 다시 집 안으로 들어갔다. 그리고 싫다는 두영을 마당까지 억지로 끌고 나왔다.

"들어갈 거야."

벤치프레스에 걸터앉은 두영이 입을 비쭉거렸다.

"일광욕 해 새끼야. 우울증 걸린다잖아."

두식이 새로운 빨래를 손에 들고 탁탁 물기를 털어내며 말했다.

"너 때문에 우울해."

"나도 너 때문에 천불이 난다. 교도소나 집이나 씨발."

욕지거리를 내뱉던 두식은 잠시 조용하게 지내기로 했던 결심이 떠올라 급하게 입을 다물었다. 그리고 소리는 내지 않은 채 입모양만 움직이며 구시렁거렸다.

두영은 대꾸하는 말과 달리 눈을 감은 채 편안한 얼굴로 하늘을 보고 있었다. 햇볕이 두영의 얼굴 위에 내려앉아 따뜻하게 덮어주고 있는 것처럼 보였다. 두영이 눈을 떴다 감았다 하기를 반복했지만 조금도 눈가를 찡그리지는 않았다. 마치 어두운 밤하늘을 바라보는 것처럼 아무 반응 없는 얼굴이었다.

'이렇게 환한데도 아무것도 보이지 않는 걸까.'

수명이 다한 전등처럼 눈을 껌뻑거리는 두영을 보고 있으니 두식은 안쓰러운 마음이 들었다.

"야."

갑자기 두식이 두영을 불렀다.

"……."

"너 뭐, 어디 뭐."

두식이 말을 더듬으며 잠시 말을 잇지 못하자 두영이 귀를 기울이듯 고개를 돌렸다.

"가고 싶은 데 없어?"

두영이 자세를 고쳐 앉으며 생각에 잠겼다. 가고 싶은 곳은 있는데 섣불리 말을 하지 못하고 머뭇거리는 얼굴이었다.

빨래를 모두 널고 난 두식이 허리를 펴고 숨을 몰아쉬었다.

"납골당 옮겼다며. 거기 가보고 싶어."

두영의 말을 듣는 순간 두식은 속에서 열이 확 일었다. 붉어진 얼굴로 두영을 쏘아보며 빈 빨래 바구니를 걷어찼다.

"나보고 거길 가자고? 너랑? 존나 사이좋게? 양심 없는 유전자야, 너나 니 엄마나."

두영이 몸을 꼿꼿하게 세우며 핏대를 세웠다.

"싫으면 말지, 왜 없는 사람 욕을 해!"

"닥쳐, 이 개새야!"

갑자기 소리를 지르자 두식은 목이 컥 하고 막혀오면서 이물질이 걸린 듯 컬컬했다. 마른기침을 하며 분을 가라앉힌 두식이 주머니를 더듬거리며 담배를 찾았다. 두영의 얼굴은 오히려 차분해 보였다.

두식이 담배에 불을 붙이고 숨을 빨아들이는데 두영이 나지막한 목소리로 말했다.

"기억나냐? 샘터목욕탕, 양자강."

두식이 대답하지 않은 채 인상을 일그러뜨렸다. 구질구질한 옛날 기억은 꺼내서 뭐하자는 건가 싶었다.

"아빠 월급 타는 날 엄마랑 아빠랑 너랑 나랑 목욕하고 짜장면 먹고..."

두영은 마치 옛날의 기억을 생생하게 보고 있는 것처럼 먼 곳에 시선을 응시하며 말을 이었다.

"기억 안나 새끼야."

두식이 두영의 말을 종이 자르듯 끊어냈다.

"너 집 나가고 한 번도 안 갔어. 내가 가자고 졸랐는데, 아빠가 너 오면 가자고. 금방 올 거라고 그때 같이 가자고."

이야기를 듣는 두식이 괴로운 듯 아랫입술을 질끈 깨물었다. 두영의 목소리가 따끔한 바늘이라도 된 것 같았다. 말이 이어질수록 마음 한구석이 가시에 찔린 것처럼 콕콕 쑤셔댔다.

"뭐래 씨발!"

두영이 거칠게 몸을 틀어 두영에게 소리쳤다.

"너 나가고 남은 사람들은 졸라 행복하게 산 거 같지?"

두식은 두영을 바라보았다. 두영의 입술이 파르르 떨리면서 얼굴이 붉게 달아오르고 있었다. 이제까지 건전지가 다 된 인형처럼 무표정한 얼굴이었지 한 번도 이렇게 슬퍼보였던 적은 없었다.

두영이 갑자기 앞이 훤히 보이는 사람처럼 두식과 시선을 정확하게 맞추었다. 입에서 흘러나오는 목소리에 울음이 가득했다.

"사춘기라서 그런가보다! 성공해서 돌아오려고 오래 걸리나 보다! 별의별 이유를 다 만들어서 이해하고, 또 이해하고."

두영이 말문이 막히는지 숨을 참았다. 울컥 솟는 울음을 꾹 참으려는 듯이 빳빳하게 몸에 힘을 주고 있었다.

"근데 넌 끝내 안 돌아오고! 열여덟 살 나 혼자 엄마 아빠 장례식 다 치르고! 나 혼자!"

가지런히 걸려있는 빨래와는 달리 엉망으로 엉킨 감정들이 터져 나왔다. 순간 두영의 눈에서 눈물이 뚝뚝 떨어졌다.

홀로 부모님의 장례식을 치렀던 두영은 그때의 일들이 머릿속에 선명하게 되살아나고 있었다. 팔로 눈가를 훔치며 흐르는 눈물을 닦아내었다. 그러나 한 번 터진 울음은 그칠 줄을 몰랐다.

"그때 접었어. 정말 끝난 거구나, 정말."

잠시 숨을 고른 두영이 차분해진 목소리로 말을 이었다.

"교도소에 신고 안 할 테니까 걱정 말고 나가. 나가서 편하게 살아. 나도 혼자가 편해 이제."

두식은 울음이 가득한 두영의 모습 위로 어린 두영의 얼굴이 겹쳐지는 듯 했다. 안방에서 아버지에게 울분을 토하는 순간 겁에 질린 채 숨죽이고 있었던 그 얼굴. 아무것도 하지 못한 채 갑자기 닥쳐온 일들을 가까스로 버텨냈을 두영의 모습이 그려졌다.

두영이 자리에서 일어나 느린 걸음으로 현관을 향했다. 손을 더듬거리며 한 발씩 계단을 오르는 동안 두식은 거칠게 머리를 털어냈다.

두식이 다시 새 담배를 꺼내 물고 숨을 들이마셨다. 한껏 연기를 들이켜도 기분은 조금도 나아지지 않았다.

두영의 방 앞을 서성거리던 두식이 문을 열었다. 두영은 이불을 뒤집어쓴 채 침대 위에 누워있었다.

"일어나."

"……."

"일어나라고!"

"쫌!"

두영이 성질을 내더니 휙 돌아누웠다. 두식이 억지로 일으켜 세우자 두영은 인상을 찌푸리면서도 손을 뿌리치지는 않았다.

두식이 두영을 데리고 향한 곳은 동네에 있는 샘터목욕탕이었다. 두영은 투덜거리면서도 목욕탕에 들어서자 주섬주섬 옷을 벗기 시작했다. 막상 뜨거운 열기와 희뿌연 수증기가 가득한 목욕탕에 오자 기분이 들뜬 두식도 훌훌 옷을 벗어 사물함에 던져 넣었다.

"고두영이 십년 묵은 때 졸라 나오게 생겼네."

두식이 두영이의 탄탄한 근육과 균형 잡힌 몸을 힐끗거리며 괜한 시비를 걸었다. 그러자 두영이 미간에 힘을 주더니 벗어 둔 옷을 도로 집어 들었다.

"안 해, 안 해. 나 그냥 집에 갈래."

"때나 밀고 가, 더러운 놈아!"

두식이 두영의 손에 들린 옷을 확 뺏으며 윽박을 질렀다. 그러다 문득 시선이 아래로 향하자 장난스러운 얼굴로 흐뭇한 미소를 지었다.

"야, 이 새끼 이거 잘 컸네!"

두식의 말을 듣자마자 두영은 특유의 순발력을 발휘하여 즉각적인 반응을 보였다. 눈 깜짝할 사이 팔꿈치가 날아들었고 정확하게 두식의 얼굴을 가격했다. 눈앞에 번쩍 불이 일어난 두식이 뒤로 쓰러져 나뒹굴었다. 힘의 강도로 보자면 평소 참아왔던 화를 한꺼번에 쏟아낸 것 같았다.

"보이는 거야 너. 살짝 보이는 거지 너 씹새야!"

두식이 손으로 방정맞게 얼굴을 문지르며 소리를 질러댔다. 두영은 아무 일도 없었던 사람처럼 무심한 얼굴로 사물함 문을 닫았다.

목욕탕 안에 들어서자 아저씨들이 물을 끼얹으며 몸을 씻고 있었고 몇몇 청년들은 샤워기에 줄을 서서 비누칠을 하고 있었다. 두식이 자리를 잡으려고 주위를 둘러보았다. 두 다리에 잔뜩 힘을 주고 걸어가던 두영은 바닥이 미끄러워 걱정이 되는지 두식의 팔을 잡아당겨 팔짱을 꼈다.

"놔라."

두식이 밀려드는 창피함을 느끼며 조용히 읊조렸다. 두식의 사전에는 남자 둘이 벌거벗은 채 팔짱을 끼는 행동은 있을 수도 없고 있어서도 안 되는 것이었다.

"미끄러워."

두영이 손에 힘을 주며 더 꼭 붙들었다. 모르는 사람이 보면 그저 사랑하는 사이의 연인이 함께 목욕을 온 것처럼 보일 터였다.

"놓으라고, 씹새야. 아 쪽팔려."

말은 그렇게 했지만 두식도 체념한 듯 고개를 숙이며 두영을 이끌었다.

빈자리를 발견한 두식이 두영을 목욕 의자에 앉히고 대야와 비누 등 물건을 앞에 올려두었다. 그리고 뜨거운 물을 받아 두영의 등에 끼얹으며 자세를 잡았다. 때수건을 손에 끼고 본격적인 준비를 하는 두식의 행동이 자연스러웠다. 두식은 세신이 힘보다 기술을 요하는 작업이라고 생각했다. 두영의 등에 대고 때수건을 문지르자 살갗을 시원하게 밀어내는 소리가 들렸다.

"때 좀 봐. 하수구 막히겠네."

등을 밀어주는 상황이 문득 어색해진 두식이 괜히 시비를 걸 듯 말했다.

"조용히 해 쫌."

"졸라 시원하지? 전문가의 솜씨가 느껴지냐?"

"밥 먹고 등만 밀었냐?"

"새끼, 내가 인마. 교도소 들어가기 전에 목욕탕에서 일 년을 숨어 지냈어. 일 년 내내 때밀이 했다고."

두영이 잠시 멈칫하더니 눈가에 힘을 주었다. 두식은 계속 두영의 넓은 등을 밀어내면서 누그러진 목소리로 말했다.

"집 나온 새끼는 편하게 살았겠냐. 노가다, 웨이터, 미용실 시 다까지 했다. 먹고살려고."

두식이 덤덤한 목소리로 말을 이었다.

"그러게 왜 나갔어. 집 나가면 고생이잖아."

두영의 말투도 어느새 달라져 있었다.

두식은 고생이라는 말 하나에 많은 기억들이 끌려오는 듯 했다. 잠시 동작을 멈추고 숨을 골랐다. 파도가 밀려오듯 순식간에 거리를 떠돌던 순간들이 스쳐갔다. 두영이 이상한 낌새를 느끼고 고개를 돌렸다. 두식은 헛기침을 하며 샤워기로 두영의 등에 물을 뿌렸다. 그리고 괴로웠던 기억을 지워내듯 두영의 등에 다시 비누칠을 하기 시작했다.

"넌 대가리가 나빠서 말해도 몰라. 때나 밀자."

"우리 넷이서 정말 좋았잖아. 엄마랑 사이도 좋았잖아. 정말 하루아침에 남이 돼서 사라진 이유가 매일 궁금했어."

두식이 어렵게 이야기를 꺼냈다.

두영은 씁쓸한 미소를 지으며 두영 엄마의 새하얀 얼굴을 떠올렸다. 둥글고 커다란 눈망울이 두영과 정말이지 똑같았던 새엄마. 마르고 긴 손가락으로 여러 가지 반찬을 예쁘게 나눠 담으며 도시락을 자신의 도시락을 챙겨주던 모습이 아른거렸다.

"니 엄마, 사람 좋지. 나한테 잘했지. 니 엄마 오고 나서 우리 반 도시락 1등이 나였으니까. 점심시간 맞춰서 냄비우동 끓여온 엄마는 처음이었으니까."

"기억 나. 나도 같이 갔었어."

"그렇게 좋은 사람인데. 한 날은 옆집 아줌마가 나보고 정신 차리라고 속도 없는 놈이라고 하더라? 니가 엄마, 엄마 하는 그 여자가 니 엄마 죽어갈 때 간병하던 여자라고. 하늘에서 니 엄마가 이 꼴을 보고 눈이나 감겠냐고."

두영이 눈을 동그랗게 뜨고 두식을 돌아보았다. 믿기지 않는다는 얼굴이었다. 어렸던 두영은 아무것도 모른 채 자라왔을 테고, 그래서 두식이 집을 나간 이유조차 짐작할 수 없었을 것이었다. 두식은 두영이 가지고 있을 원망과 오해를 짐작하며 차분하게 말을 이어 나갔다.

"그때는 어려서 그런지 눈이 뒤집히더라. 우리 엄마 빨리 죽으라고 얼마나 고사를 지냈냐고 집을 뒤집어 놨지. 그게 그렇게 용납이 안 되더라고."

두식이 잠시 말을 멈추자 여기저기서 흐르는 물소리가 크게 들려왔다. 무언가를 골똘히 생각하던 두영이 딴소리를 했다.

"골고루 밀어. 껍데기 벗겨지겠어. 따갑잖아."

"참 나, 니 등짝이 지우개야 새끼야. 밀어도 밀어도 나와."

두식이 등을 찰싹 때리며 장난을 치자 두영이 상체를 비틀며 저항을 했다.

"때 아니라 살일 수도 있다구!"

"팔 떨어지겠구만. 말 졸라 많아."

두식은 가만히 있으라는 듯이 다른 손으로 두영의 팔을 붙들고 힘을 주어 다른 부위를 밀기 시작했다. 그러다 두식은 넓고 듬직한 두영의 등이 새삼스럽게 느껴졌다. 이제 더 이상 울먹거리며 자신의 뒤를 졸졸 따라다니던 어린 두영이 아니었다.

두식이 감탄을 하듯 말했다.

"야, 이 새끼 이거 등짝 봐라? 콩알만 하던 놈이 훌쩍 컸어!"

두영은 두식의 말을 듣더니 기세 좋은 표정으로 등에 힘을 주며 근육을 잡았다. 두식은 그 모습에 피식 웃음이 터졌다. 장난을 치며 서로 등을 미는 둘의 모습은 영락없는 형제였다. 목욕을 하는 내내 두식은 두영에게 시시껄렁한 농담을 하며 장난을 쳤고 두영은 비웃으면서도 하는 말마다 받아치며 장단을 맞췄다. 목욕을 하는 동안 둘은 서로의 묵은 때를 벗겨내듯 엉망으로 쌓여있던 감정들을 씻어 내리고 있었다.

스피커를 통해 들려오는 가요와 사방에서 들려오는 대화 소리, 걸을 때마다 느껴지는 매끄러운 대리석 바닥의 질감과 가까이 스쳐지나가는 사람들의 기척.

두식에게 못 이겨 백화점에 들어온 두영은 소용돌이에 휘말린 사람처럼 정신없는 표정으로 신경을 곤두세웠다.

"집에 가자. 나 옷 많아."

에스컬레이터에 올라탄 두영이 몸의 중심을 잡았다. 얼굴에는 불안한 기색이 가득했다. 두식은 두영이 앞사람과 부딪치지 않도록 살피면서 어림도 없다는 듯이 말했다.

"체육복이 많겠지. 남자는 뽀대야."

남성복 매장이 모여 있는 층에 내린 두식은 체격이 좋고 피부가 하얀 두영에게 어울릴 만한 스타일을 발견하고 걸음을 옮겼다.

　매장에는 새로 나온 옷들이 가지런히 정리되어 걸려 있었다. 두식은 빠르게 옷들을 훑어보며 매장 안으로 들어섰다. 그때 깔깔거리는 웃음소리에 두식은 뒤를 돌아보았다. 배가 불룩한 중년 남자가 자신의 딸 또래처럼 보이는 젊은 여자와 팔짱을 끼고 입구로 들어오고 있었다. 두식은 매장 입구에 서 있던 두영을 자기 쪽으로 끌어당기기 위해 한걸음 움직였다. 그때였다. 애매한 위치에서 멀거니 서 있던 두영을 본 중년남자가 비키라는 듯이 두영의 어깨를 툭 치며 지나갔다.

　아무런 준비 없이 갑자기 몸을 부딪친 두영이 중심을 잃고 휘청거렸다. 넘어지지 않으려고 손을 뻗은 두영은 필사적으로 손을 휘저으며 옷들이 잔뜩 걸려있는 행거를 붙잡았다. 하지만 결국 버티지 못한 행거와 함께 우당탕 요란한 소리를 내며 바닥으로 넘어졌다. 눈 깜짝 할 사이 벌어진 일이었다. 두식이 바닥에 쓰러진 두영을 보고 놀라 소리쳤다.

　"두영아!"

　얼굴이 창백해진 두영이 일어나기 위해 바닥에 손을 짚으며 허둥거렸다. 두식이 두영의 팔을 잡아 일으켜주려고 하는데 옆에서 냉랭한 목소리가 날아들었다.

"왜 길을 막고 서서 오바야, 쯧."

두식은 속에서 울컥 분노가 솟구치는 것을 느꼈지만 차분한 얼굴로 두영을 부축했다. 두식은 두영을 방해될 물건이 없는 안전한 곳에 세워두고 지나쳐가는 중년 남자를 쳐다보며 입을 열었다.

"잠깐만."

낮고 무거운 목소리. 싸움이 날지도 모른다고 생각한 두영이 재빨리 손을 뻗어 두식의 팔을 붙잡았다. 두식은 걱정하지 말라는 말 대신 두영의 손을 부드럽게 두드리며 다독이고 중년 남자 앞으로 걸어갔다.

"뭐하는 겁니까?"

"뭐. 나?"

중년 남자가 시치미를 떼며 어깨를 으쓱해 보였다.

"예. 당신."

"보면 몰라? 쇼핑하잖아."

중년 남자가 험악하게 인상을 구기며 두식의 얼굴 앞으로 몸을 들이밀었다. 젊은 여자는 팔짱을 놓지 않은 채 흥미진진한 얼굴로 두식을 바라보았다. 두식이 중년 남자를 정면으로 쏘아보며 말을 이었다.

"누가 몰라요? 사람을 저 지경으로 밀쳐냈으면 사과를 해야

지요."

"별, 씨."

중년 남자는 걱정이 가득한 얼굴로 서 있는 두영을 노골적으로 훑어보았다. 손을 휘휘 내저으며 주변을 어설프게 더듬거리는 동작과 불안하게 흔들리는 시선. 중년 남자가 대충 알겠다는 듯이 대뜸 말을 뱉었다.

"장님이야?"

"이거 봐요!"

두식의 얼굴이 붉게 달아올랐다.

"장님이면 지팡이라도 들고 다녀야지, 뭔 배짱으로 민폐를 끼쳐!"

중년 남자는 뻔뻔한 기색을 보이며 두영을 탓했다.

장님이라는 말이 들리자마자 두식은 두영을 돌아보았다. 잔뜩 어깨를 움츠리고 곧 울 것처럼 얼굴이 일그러진 두영이 보였다. 두식이 입술을 질끈 깨물며 다시 중년 남자를 쳐다보았다. 아무 생각 없이 남의 상처를 후벼대는 놈과는 정상적인 대화가 될 리 없다는 판단이 들었다. 두식이 노골적으로 비웃으며 건들거리는 말투로 말했다.

"수준 봐라. 불편한 사람보고 양보하는 도덕심도 없나?"

"이 새끼가 근데. 어린 노무 새끼가 뭐야 너!"

중년 남자가 핏대를 세우며 위협적으로 손을 올렸다.

"어려? 당신 애인보다 나이 먹었어, 이 양반아!"

두식은 중년 남자의 손 앞으로 거세게 머리를 들이밀며 목청을 높였다.

"이게 돌았나. 너 뭐야! 뭔데 니가 나서서 지랄이야!"

"나? 나 저 애 형이다. 어쩔래!"

두식이 무섭게 눈을 치켜뜨며 윽박질렀다. 그러자 중년 남자가 헛웃음을 터뜨리며 들으라는 듯 혼잣말을 중얼거렸다.

"병신 육갑들 하고 자빠졌네."

"뭐, 병신?"

두식이 발끈해서 되묻자 중년 남자가 미간을 찌푸렸다.

"뵈는 게 없으면 얌전히 구석에 서 있던가."

"눈깔 있는 인간이 피해 가면 될 거 아냐! 그 눈깔은 어린 기집애들 낚는 데만 쓰냐?"

"이런 개새끼를 봤나. 야!"

"뭐 이 양반아!"

누구 하나지지 않으려는 듯 큰소리를 내고 있었다. 젊은 여자는 분위기가 험악해지자 중년 남자에게서 팔짱을 풀고 몸을 사리며 뒤로 물러났다.

중년 남자는 더 이상 참을 수 없다는 듯이 달려들었고 두식은 노련한 움직임으로 대응했다. 인상을 쓰며 마구잡이로 팔을 휘두르던 중년 남자는 오만상을 쓰며 소리를 질러댔다. 그와 달리 두식은 여유 만만한 표정을 지으며 중년 남자의 이마를 짚은 채 훈수를 두었다.

"깔끔하게 사과하고 가던 길 가라. 딸 같은 여자 기다리잖아."

"야 이 새끼야!"

약이 바짝 오른 중년 남자가 허공에 손을 뻗으며 소리를 내질렀다.

"사과해. 내 동생한테 미안하다고 사과해."

두식이 다른 손으로 중년 남자의 손을 받아치며 말했다.

주변에 몰려든 사람들이 하나둘 늘어나 이제는 북적거릴 정도였다. 동그란 원을 만들며 두 사람을 에워싼 사람들은 싸움 구경을 하며 눈치를 보고 있었다. 분위기를 알아차린 두식이 이만 상황을 끝내야겠다고 생각할 때였다. 두식이 두영에게 시선을 돌리며 방심한 사이 중년 남자가 냅다 발을 걸어찼다.

두식이 윽, 하는 신음과 함께 숨을 삼키며 배를 붙잡고 쓰러졌다. 두영은 두식의 신음소리에 놀라 팔을 뻗어 두식을 찾았다. 두식은 바닥에 쓰러져 새우처럼 허리를 굽히고 식은땀을 뻘뻘 흘리기 시작했다.

"손님! 손님 괜찮으세요?"

상황을 지켜보던 직원들이 달려들어 두식의 상태를 살피며 다급하게 물었다.

"아나 진짜, 니들 공갈단이냐! 살짝 스쳤는데 무슨 수작이야!"

중년 남자는 어이가 없다는 얼굴로 두식을 향해 소리를 질렀다. 뒤에 서있던 젊은 여자가 고통스러운 얼굴로 소리조차 내지 못하는 두식을 보고 겁에 질려 외쳤다.

"식은 땀 나는 거 봐. 어떡해!"

여러 사람들의 웅성거림, 심각하거나 안타까운 상황에서 터지는 탄식, 두식의 상태를 묻는 직원들의 목소리, 주변을 가득 메운 인기척, 분주하게 움직이는 소리. 두영은 신경을 곤두세우고 귀를 기울였다. 두식의 목소리가 더 이상 들리지 않았다.

두영은 두식이 크게 다치거나 쓰러진 상황을 머릿속에 그리며 주저앉듯 몸을 낮추었다. 그리고 형을 부르며 두식을 찾았다. 하지만 두영의 손에 느껴지는 것은 이리저리 널려있는 물건들이었다. 두식이 골라두었던 구두와 옷들 그리고 두영이 쓰러지며 넘어뜨린 행거와 걸려있던 옷들이 엉망으로 뒤엉켜 있었다. 매장은 순식간에 아수라장이 되어 버렸다.

병원의 철제 침대 위에 누워 있는 두식의 팔에는 링거 바늘이 꽂혀 있었다. 두영은 입을 굳게 다문 채 한 방울씩 떨어지는 링거 병 옆에서 두식의 손을 잡고 서 있었다.

백화점 직원에게 신고를 받고 나온 순경들은 상황을 파악하며 사건을 조사하고 있었다. 문제가 커지자 중년 남자는 안절부절못하는 얼굴로 애원하듯 말했다.

"정말이라니까요! 그냥 휙 스쳤다구요. 근데 오바 액션 하는 거라구요!"

두영 가까이 서 있던 경찰이 중년 남자를 향해 인상을 쓰며 제지했다. 잘못한 어린아이를 혼내듯 단호한 말투였다.

"조용히 하세요! 아실 만한 분이. 동생이 네? 장애, 그러니까 저기 몸이 불편하잖아요."

그때 두식이 몸을 뒤척거렸고 움직임을 느낀 사람들이 모두 두식을 향해 눈길을 주었다. 두식은 아직 고통이 가시지 않았다는 듯이 콧등을 찡그리며 천천히 눈을 떴다.

"다 제 잘못입니다. 동생 옷 한 벌 사주려고, 싫다는 애를 데리고 나와서는……."

울음을 삼키려는 듯 두식이 말끝을 흐렸다. 목울대가 움직이며 입술이 파르르 떨렸다.

"세상의 편견을 이겨보라고 데리고 나왔는데, 역시 편견의 벽은 높고 단단한 것 같습니다. 다 못난 제 잘못입니다."

중년 남자가 백화점과는 180도 다른 두식의 태도를 보더니 기가 막힌다는 얼굴로 입을 벌렸다.

"저 저 새끼 저거. 와."

중년 남자가 억울하다며 경찰에게 자신의 입장을 호소하는 사이 두식이 두영의 손을 툭툭 치며 신호를 보냈다. 두식의 신호를 파악한 두영이 어설픈 동작으로 두식의 팔을 더듬으며 말했다.

"미안해, 나 때문에. 많이 아파?"

"지금 내 걱정 할 때야? 이 바보, 흑."

두식이 장단을 맞추듯이 반응하자 중년 남자는 뒤통수를 세게 얻어맞은 듯한 표정을 지었다.

두식의 상태를 확인하기 위해 다가온 간호사가 반성하는 기색 없이 서 있는 중년 남자를 향해 눈을 흘겼다. 약자를 무시하고 때린 파렴치한 인간을 보는 듯한 눈빛. 그 눈빛처럼 사건이 종결되었다. 중년 남자는 체념한 얼굴로 잘못을 인정했고 사건 파악을 마친 경찰이 두식을 위로하고 병원을 빠져나갔다.

마을버스가 멈춰 서자 두영은 양손 가득 종이 백을 들고 있는 두식의 팔을 잡고 버스에서 내렸다. 종이 백에는 새로 산 두영의 구두와 옷이 들어 있었다. 어느새 어두워진 거리에는 시원한 바람이 불어오고 있었다. 두영은 동네 골목에 들어서자 마치 보이기라도 하는 것처럼 머릿속에 길들이 선명하게 펼쳐졌다. 한바탕 난리를 치고 난 후 집으로 돌아오는 두식의 얼굴에는 지친 기색이 가득했다.

"이 새끼. 너야말로 연기 쩔드라?"

말없이 걷던 두식이 친근한 목소리로 입을 열었다.

"너 닮았나부지."

두영이 심드렁하게 대꾸했다.

"아 놔. 이 개새. 너가 뭐냐, 너가."

"그럼 뭐라고 해?"

두식이 갑자기 걸음을 멈추고 두영을 바라보았다.

"니가 홍길동이야? 형을 형이라 부르지 못하게?"

"형은 무슨 개뿔. 지나가는 개가 웃겠다."

두영이 고개를 숙이고 입을 비쭉거리며 말했다. 그러나 말과는 달리 싫지만은 않은 듯한 목소리였다.

"방금 형이라고 그랬다."

두식은 그런 모습이 귀엽게 보여 놀리듯 말을 보탰다.

"내가 언제?"

두영이 발끈하며 말했다.

"방금, 형이라고 그랬잖아."

"아니, 난 그런 말 한 적 없는데."

두영이 지지 않고 대답했다.

"아놔, 이 개새, 사기치고 있어. 그건 내 전공인데."

사기라는 말에 갑자기 불편해진 두영이 팔을 잡아끌었다.

"빨리 집에 가자."

"그래, 빨리 집에 가자."

장난기가 발동한 두식이 팔짱을 풀고 두영의 머리를 팔로 감아 헤드락을 걸었다. 그리고 집을 향해 걸어가며 두영의 몸을 잡아끌었다.

두식의 팔에 감겨 움직이지 못하게 된 두영은 놓으라고 난리를 치며 머리를 빼내려고 애썼다. 두식은 두영의 머리를 거칠게 쓰다듬고 나서 헤드락을 풀어주었다. 두영은 씩씩거리며 숨을 몰아쉬면서도 형과 장난을 치는 것이 내심 기분 좋은 듯 했다.

둘은 자세를 다잡고 가벼운 걸음으로 걷기 시작했다. 두영이 두식의 옷깃을 다시 붙들었다. 그게 신호가 된 것처럼 두식은 두영의 어깨에 팔을 올리고 방향을 이끌었다. 정겹게 걸어가는 둘의 모습은 마치 오랫동안 한집에서 자라온 형제처럼 보였다.

"엠알아이까지 찍을 걸 그랬나? 씨티는 얼마 안 나올 텐데. 병원비 왕창 나와야 정신을 차릴 거야 그 새낀."

두식이 투덜거리며 수다를 떨었다.

"그만 욕해, 나이도 많던데."

"내 말이. 그 나이에 씨발 존나 부러워. 여자 봤어?"

"쫌!"

두영은 어느새 예전의 밝고 앳된 모습으로 돌아와 있었다. 집으로 가까워질수록 주절주절 대화를 주고받으며 유쾌하게 웃음을 터뜨리는 소리가 허공에 울려 퍼졌다.

두식은 스포츠 신문을 펼쳐들고 식탁 의자에 앉아 있었다. 눈앞에는 빽빽한 글자들과 사진들이 있었지만 신경은 온통 소파에 앉아 있는 수현과 두영의 이야기에 쏠려 있었다. 귀를 쫑긋 세우고 말 한마디 한마디를 경청하는 중이었다. 수현이 신경이 쓰인다는 듯이 고개를 돌려 스포츠 신문 뒤에 숨어있는 얼굴을 힐끔거렸다.

"방에 들어가 있으면 안돼요? 할 말이 좀 있는데. 두영이랑."

두식을 향해 수현의 목소리가 날아들었다.

"자기들이 방에 들어가면 될 걸 가지고."

두식이 들으라는 듯이 구시렁거리며 엉덩이를 일으켰다.

"괜찮아요. 말씀하세요."

두영의 말에 두식은 재빨리 다시 의자에 엉덩이를 붙이고 자세를 잡았다. 수현이 못마땅하다는 얼굴로 두식을 흘겨보았다. 두식은 일부러 소리가 나도록 힘을 주어 신문을 잡아 펼쳤다.

수현은 입에 맴도는 말을 떠올리며 머뭇거리다가 무거운 목소리로 입을 열었다.

"두영아."

"그 이야기라면 그만하세요. 안 합니다."

이미 결정을 내린 듯 두영의 얼굴은 단호했다.

"그렇게 창피하니?"

"……."

수현이 직접적인 표현에 두영은 딱히 대답할 말을 찾지 못하고 말을 삼켰다. 두영의 복잡한 표정을 살피던 수현이 누그러진 목소리로 재차 물었다.

"장애인 올림픽 메달은 의미가 없니?"

두영의 눈가에 주름이 깊어졌다. 잠시 정적이 흘렀다.

"나를 장애인이라고 쳐다보는 시선들. 싫어요."

두영이 마른침을 삼키며 불끈 주먹을 쥐었다.

"장애가 창피하니? 멀쩡한 내가 이런 말 하는 거 의미 없겠지만 누가 그러더라. 장애는 극복하는 게 아니라 받아들이는 거라고."

차분한 얼굴로 말을 건네는 수현과 달리 두영의 얼굴에는 비웃음이 스쳤다.

"어떻게 받아들여요? 하루아침에 세상이 닫혔는데. 웃음거리가 됐는데."

울분이 가득한 목소리로 대답한 두영이 숨을 토해 냈다.

"말도 못하게 불편한 거 알아. 근데 두영아, 불편함은 도울 수가 있어도 부끄러움이라 생각하는 건 아무도 도와 줄 수가 없어."

아이를 달래듯 설득하는 목소리에 애잔함이 묻어났다.

두영을 보고 있는 수현은 가슴 한구석이 저려오는 것을 느꼈다. 누구보다 환하게 빛나며 자신이 넘쳤던 두영이 어두워진 세상에 갇혀 스스로를 비웃음거리 신세로 생각하는 것이 마음 아팠다. 할 수만 있다면 다시 손을 내밀어 어떻게든 예전처럼 세상 밖으로 꺼내 주고 싶었다.

두영은 모든 것을 포기하고 죽은 듯이 살아가기로 마음을 정리했는데 수현이 자신을 다시 경기장으로 끌어내리려고 하는 게 불편했다. 부모님이 돌아가신 이후 자신의 전부이자 삶의 유일한 이유였던 유도. 사고가 일어난 날 이후 두영은 그 모든 것이

빛과 함께 한순간에 사라져버렸다는 것을 깨달았다. 아무도 없는 곳으로 도망쳐 버리고 싶은데 할 수 있는 거라고는 집구석에 처박혀 있는 것뿐이라는 사실도 절망스러웠다. 그런데 수현은 자꾸만 찾아와 다시 할 수 있다고, 괜찮다고 말하고 있었다.

침묵이 길어지자 두식은 몸을 뒤틀며 인내심의 한계를 표출했다.

"나랑 바꿀래요?"

두영이 다그치듯이 수현에게 말했다. 수현은 어리둥절한 얼굴로 두영을 바라보았다.

"난 다 잃었어요. 코치님도 다 잃으면, 불편한 것뿐이란 말 못 하실 거예요."

두영이 무겁게 한숨을 내쉬었다.

"그래, 두영아. 하지만 이건……."

수현이 어렵게 말을 이어가려는데 갑자기 두식이 식탁 위를 손으로 내리치며 벌떡 일어나 소리쳤다.

"애가 싫다잖아!"

화들짝 놀란 수현과 두영이 두식이 있는 곳을 향해 돌아보았다. 가만히 이야기를 듣고 있던 두식이 마치 제 일인 것처럼 열을 올리며 끼어들었다.

"뭐든 지가 꼴려야 하는 거지. 억지로 하다가 다치기라도 하면! 얼마나 더 망가져야 닥칠 거야!"

열이 오른 두식의 얼굴이 붉게 달아올랐다. 두식은 발로 의
자를 거칠게 밀어내고 둘이 있는 자리로 다가가 수현의 팔을
잡아끌었다.

"가! 다신 나타나지 마!"

억지로 몸을 일으킨 수현이 기가 차다는 얼굴로 팔을 뿌리
쳤다.

"이럴 자격 있어요?"

두식을 정면으로 쏘아보며 수현이 따졌다.

"······."

"두영이가 먹든 굶든 신경도 안 쓰면서. 밀레니엄에 영양실
조가 뭐니!"

정곡을 찔린 두식이 꿀 먹은 벙어리가 되자 불쑥 두영이 입
을 열었다.

"나 삼겹살 먹고 싶어."

수현과 두식은 갑자기 무슨 소리인가 싶어 두영을 돌아보았
다. 두영은 웃는 것도 아니고 화가 난 것도 아닌 모호한 표정을
하고 있었다. 두식은 금세 머릿속에 삼겹살을 떠올리며 두영을
향해 생글거리는 목소리로 대답했다.

"그럴까?"

수현은 여전히 어안이 벙벙한 표정으로 멀뚱히 서 있었다. 평소에는 서로를 못 잡아먹어서 안달이 났던 인간들이었는데. 그동안 뭘 잘못 먹었거나 크게 깨우칠 만한 일이 있었던 게 틀림없어 보였다.

"마당에서 구워 먹자. 코치님도 먹고 가세요."

대화를 하는 동안 수현에게 신경을 곤두세우던 두영이 한결 풀어진 얼굴로 수현에게 말했다.

"어? 어, 나는⋯⋯."

수현이 당황하며 말을 더듬자 두식이 지갑을 챙겨들며 무심하게 말을 던졌다.

"한 젓가락 하고 가든가."

"뭐, 그럼 소맥 좀 마는 건가?"

"니가 말아 드세요. 난 여자한테 술 안마니까."

두식이 대답하며 현관을 나섰다.

두영의 한 마디에 당겨진 활시위처럼 팽팽하던 분위기가 순식간에 누그러졌다. 수현은 두영을 더 설득해 볼까 고민하다 입을 다물었다. 아마 말을 한다고 결정했을 일이라면 이미 선수촌에서 훈련이라도 하고 있었을 것이었다.

'두영이 아직 용기를 내지 못하는 것 같다. 그러니 조금만 더 기다려 보자.'

그렇게 수현은 스스로를 다독였다. 그리고 부엌으로 걸어가 팔을 걷어붙이고 식사 준비를 하기 시작했다.

　정육점에 들어서자 부위별로 나누어진 고기들이 유리 진열장 안에 놓여 있었다. 두식이 고기 상태를 눈여겨보며 주문을 하려는데 문이 열리면서 다른 사람이 들어왔다.

　"한천교회에서 나왔습니다. 국산 사탕이구요."

　진열대 위로 불쑥 들어오는 손에는 사탕이 달린 전단지가 들려 있었다. 고기에 집중하고 있던 두식이 너스레를 떨며 주인 아저씨에게 주문을 했다.

　"소고기 같은 삼겹살을 주셔야 돼."

　순간 옆에 전단지를 건네주던 사람이 흠칫 놀라며 슬그머니 두식의 얼굴을 확인했다. 그리고는 숨을 삼키며 천천히 발의 방향을 바꿨다. 기척도 없이 문을 열고 가게를 빠져나가려는 속셈이었다. 하지만 두식이 한 발 먼저 그를 붙잡고 자신과 마주볼 수 있도록 돌려 세웠다. 콜라와 담배로 인연이 깊은 안경잡이였다. 그러나 이번에는 왠지 달라진 분위기를 풍기고 있었다. 난감한 얼굴을 하고 있는 그는 안경을 쓰고 있지 않았고 무엇보다 단정한 복장을 하고 손에 성경책을 들고 있었다.

　"목사님?"

두식은 빠른 속도로 아래 위를 훑으며 물었다.

"예수 믿으시게요?"

안경잡이는 눈길을 피하며 엉뚱한 말을 했다. 그러자 두식이 피식 웃음을 터뜨렸다.

두식의 손에 이끌려 함께 집으로 온 안경잡이는 이름이 대창이라고 했다. 대창은 집 마당에 들어서는 순간부터 두식이 시키는 대로 분주하게 움직였다. 집 마당에서 훅훅 숨을 불어가며 불을 땠고 매운 연기에 연신 눈을 비벼대면서도 고기를 제때 뒤집는 것을 잊지 않았다. 수현은 구워진 고기를 접시에 담아내고 포크로 찍어 두영에게 건네주었다. 그러고 나서 맥주를 홀짝거리며 태평한 자세로 식사를 즐기고 있는 두식에게 조심스럽게 물었다.

"저 분도 좀 드셔야 되는 거 아닌가."

땀을 삘삘 흘리며 고기를 구워내던 대창이 눈치 빠르게 끼어들었다.

"그럴까요?"

"안 먹어도 배부르신 분. 사람이 떡으로만 배부른가. 하나님 은혜로 영원히 배고프지 아니한 분."

두식이 약을 올리는 말투로 이야기를 늘어놓았다. 그러자 대창이 노릇해진 고기를 뒤집으며 소리가 들리지 않도록 입을 오물거렸다. 욕지거리를 내뱉는 모양이었다.

"누구?"

대화를 들은 두영이 낯선 목소리에 고개를 갸웃거리며 물었다.

"동네 주민. 불편해 할 거 없어. 아주, 아주 진정성 넘치는 전도사님."

그동안 대창에게 당한 일을 한꺼번에 갚아주느라 신이 난 두식이 설명했다. 그 말을 곧이곧대로 알아들은 두영이 고개를 끄덕였다.

"우리 전도사님, 결혼은 하셨고?"

"고기나 잡수세요! 호구조사는."

입을 비쭉대면서도 대창은 쉴 새 없이 고기를 뒤집었다. 저절로 군침이 도는 기름진 고기 냄새가 마당 가득 퍼져나갔다. 두식은 맥주가 목을 타고 시원하게 넘어가는 것을 느끼며 사람들을 둘러보았다. 오랜만에 여러 사람들이 모여들어 집이 북적거리자 함께 들뜨는 기분이었다. 달빛이 환히 비쳐드는 저녁, 마당에는 밤이 깊도록 정겨운 말소리가 가득했다.

강제 임무를 마친 대창이 씩씩거리며 돌아가고 두식과 수현도 뒷정리를 마쳤다. 두식은 채비를 하고 나서는 수현과 함께 쓰레기봉투를 들고 골목으로 나섰다. 건들거리며 걸어가는 두식에게 수현이 말했다.

"다행이네. 두영이랑 형이랑 많이 친해져서."

낯간지러운 소리라면 잠시도 참지 못하는 두식이 지정된 장소에 봉투를 놓아두며 대꾸했다.

"원래 그렇게 오지랖이 넓나?"

"두영이 별이었어요. 빛나기도 전에 떨어져서 마음이 아파요. 그래서 이렇게 오지랖인가 봐요."

수현의 시선이 먼 허공을 서성거렸다. 머릿속에는 두영이 별처럼 반짝이며 빛을 내던 순간들이 스쳐갔다. 그러나 받아들이기 어려울 만큼 끔찍했던 사고는 눈 깜짝할 사이에 일어났고, 이제 무엇 하나 되돌릴 수 없었다. 수현은 아픈 순간들이 떠오르자 입술을 질끈 깨물었다.

그 모습을 흘깃거리던 두식이 집으로 돌아가려고 조용히 발길을 돌렸다. 그때 수현이 두식에게 말했다.

"이제 그만 괴롭힐게요. 형님 때문에 두영이가 웃네."

두식이 돌아보자 수현은 어딘지 모르게 씁쓸한 얼굴을 하고 있었다. 손을 들어 가볍게 인사를 한 수현이 어두워진 골목을 터덜터덜 걸어가기 시작했다.

잠시 멈춰 서서 뒷모습을 지켜보던 두식은 수현이 두영을 설득하려고 하는 일들에 대해 생각해 보았다. 다시 유도를 하지 않는다면 두영은 이대로 영영 집에만 머물며 살아가게 될까. 다시 별처럼 빛나며 반짝거릴 수 있는 길은 없는 걸까. 아무리 생각해도 방법은 오직 유도뿐이었다. 두영이 눈 감고도 할 수 있는 유일한 것도 유도였다. 그렇다면 수현의 말이 가장 최선의 길일 것이다. 그러나 낯선 곳에만 가면 불안에 떨며 자신의 팔을 붙드는 두영의 모습이 떠올랐다. 더 이상 위험할 수도 있는 상황에 두영을 내몰고 싶지 않다는 마음이 들었다. 복잡해지는 생각에 끙, 신음을 내며 두식은 한숨을 내쉬었다.

덜그럭, 덜그럭. 싱크대에서 그릇들이 부딪쳐 나는 소리가 울렸다. 두영은 손에 잡히는 대로 거품을 묻히고 흐르는 물에 헹궈내기를 반복했다. 제대로 되고 있는지는 확인할 길이 없어 답답한 기색이었다.

"이러고 싶냐."

두영이 그릇을 옆에 놓아두며 타박하듯 말을 뱉었다. 식탁에 앉아 맥주를 홀짝거리던 두식이 설거지를 하고 있는 두영의 뒷모습을 바라보았다.

"독립심 인마."

두영이 올려둔 그릇 위로 다른 그릇을 올리려고 하자 중심이 밀린 접시가 미끄러져 바닥으로 떨어졌다. 쨍그랑, 날카로운 소리와 함께 파편이 사방으로 튀었다. 두영은 잠시 동작을 멈췄다가 이내 하던 대로 물에 그릇들을 헹궈냈다. 그 모습을 보고 있던 두식이 한숨을 내쉬며 몸을 일으켰다.

"이런 거 잘 해야 장가도 가고 그러는 거야, 자식아."

"어떤 미친 여자가 나를……."

두영이 냉랭한 목소리로 중얼거렸다.

깨진 그릇 조각들을 손가락으로 집어 한곳으로 모으는데 이미 깨져있는 다른 접시가 두식의 눈에 들어왔다. 두식은 두영의 동선에 유리 조각들이 걸리지 않도록 한곳으로 쓸어내며 말을 이었다.

"이 비주얼로 못 할게 뭐 있냐! 야, 너 여자 몇 명이나 사겨봤어?"

"……."

두식의 물음에 두영은 아무 대답이 없었다. 두식이 번뜩 몸을 일으켜 두영을 향해 목소리를 높였다.

"뭐야. 한 번도 연애 안 해봤다고?"

"연애하면서 운동을 어떻게 하나? 죽기 살기로 해도 금메달 따기 힘들어."

두영이 부산스럽게 그릇을 문지르며 투덜거렸다.

두식은 답답하다는 얼굴로 한탄하며 다시 주변을 치우기 시작했다.

"이 불쌍한 청춘을 봤나. 그럼 우리가 일단 여자를 꼬시자."

단호한 결심이 느껴지는 두식의 말에 두영이 그릇을 문지르던 수세미를 집어던지며 울컥했다.

"놀리냐?"

"세상에서 젤 쉬운 게 여자 꼬시는 거야, 새끼야."

두식이 두영의 팔을 잡아끌어 식탁에 앉히며 거들먹거렸다. 두영은 여자 이야기가 나오자 급격히 우울해했다.

"난 제일 어려워. 지금은 더 그렇고."

기가 죽은 두영이 말했다.

"어허. 또 이딴 소리를 한다. 잘 들어. 여자? 유도랑 똑같은 거거든!"

여자 이야기가 나오자 두식은 자신감 넘치는 얼굴로 연애 이론을 설명하기 시작했다.

"뭐?"

"일단 딱 잡고 버텨. 밀땅이지. 타이밍을 보는 거야. 그러다가 때가 왔다? 그럼 메치기! 자빠뜨려. 그럼 반은 먹고 들어가는 거야!"

두식이 어설픈 손동작을 하며 흥분한 목소리로 설명했다. 두영은 두식의 설명에 빠져드는지 질문까지 하며 몰입했다.

"메치고 나서는?"

"몇 번을 말해. 유도 기술이랑 똑같다고. 메치기 딱 들어갔으면 굳히기! 나의 매력과 스킬에 도망가지 못하도록 굳히기 들어가! 자꾸 팅긴다? 그럼 조르기 꺾기! 그냥 확 덮쳐버리는 거야. 어려워?"

"됐어. 메치기도 어필이 돼야 하는 거지. 누가 나 같은……."

문득 자신의 상황이 떠오르자 자신감을 잃은 두영이 입을 비쭉거렸다. 두식은 답답하다는 듯이 주먹으로 자신의 가슴을 두드리며 두영을 쳐다보았다. 여드름 하나 없는 하얗고 깨끗한 피부와 귀여운 눈매, 무엇보다 시선을 사로잡는 날렵한 콧대가 보였다. 두식은 이런 자원을 가지고 이렇게 자신감이 없다는 것이 미련스럽게 느껴졌다.

"어필에는 여러 방법이 있는 거야, 자식아. 봐봐. 니 비주얼로 모성을 자극한다? 게임 오버!"

두영은 별로 신뢰가 가지 않는 지 두식의 말을 한 귀로 듣고 한 귀로 흘리는 것 같았다. 두식이 두영에게 더 가까이 붙어 앉으며 말했다.

"너 눈깔은 움직일 수 있지?"

"에이 씨, 안 해!"

기분이 팍 상한 두영이 자리를 박차고 일어섰다. 그러자 두식이 팔을 잡아당겨 다시 의자에 앉히며 말했다.

"알았어, 알았어. 까칠하기는. 잘 봐봐. 아니, 잘 들어. 일단 눈동자를 좌 하 방향으로 내리 깔아."

"뭐 이렇게?"

두영이 탐탁지 않은 표정으로 눈동자를 움직였다.

"그렇지! 그렇게 십 초. 그 다음에 다리 살짝 꼬면서 시선 우상 방향 삼 초!"

두영이 한쪽 다리를 들어 자세를 잡으면서 두식이 알려준 방향으로 시선을 보냈다. 정확한 지점을 찾으려는 마음으로 눈에 힘을 주자 눈빛이 매섭게 번뜩였다. 전체적인 느낌을 살펴보던 두식이 손을 내저으며 타박했다.

"야이 개새야! 그건 야리는 거고. 이렇게 다리를 느낌 있게, 어?"

두영의 다리를 움직여 자세를 잡아주었다. 같은 동작을 반복하면서 위치를 기억시키고 시선 연습을 거듭하자 두영은 점점 적응하는 모습을 보였다. 오랜 운동으로 다져진 근육과 일자로 뻗은 어깨가 어우러져 사내다운 매력이 풍겼다.

"느낌 온다. 딱 좋아. 자, 이 느낌 그대로 유지하면서 감성 멘트 하나 날리면 게임 오버! 디 엔드!"

두식이 만족스럽다는 듯이 미소를 지으며 고개를 끄덕였다.

"감성 멘트?"

"인간에게는 두 가지 눈이 있죠. 육체의 눈."

두식이 목을 다듬고 진지한 말투로 대사를 쳤다. 두영은 어딘가 이상하다고 생각하면서도 귀를 기울였다. 두식은 아무도 보고 있지 않은데도 혼자 몰입하며 고독한 표정을 지었다.

"그리고 마음의 눈."

자신의 연기에 심취한 두식이 손을 가슴에 살포시 얹으며 다음 대사를 이어나갔다.

"마음의 눈?"

"눈치 채셨겠지만 전 안타깝게도 육체의 눈을 잃었어요."

"너무 진부하지 않아?"

두영이 눈가를 찡그리며 끼어들었다.

"아 쫌!"

"알았어."

"하지만 신은 제게 다른 눈을 주셨습니다. 마음의 눈."

두식은 집중력을 잃지 않고 두영을 위해 고심한 작업 멘트를 이어나갔다. 두영은 투덜대면서도 흥미롭게 듣는 기색이었다.

작업 대사를 다 끝낸 두식은 다음으로 가위를 들고 나와 두영의 머리카락을 잘라주겠다고 나섰다. 영문도 모른 채 두식의 손에 붙들린 두영이 반쯤 포기한 얼굴로 앉았다. 두식이 긴장된 얼굴로 머리카락을 잡더니 이내 능숙하게 가위질을 했다. 과거 미용 일을 했던 감각이 손에 남아 있는 모양이었다. 머리카락이 잘려나가는 소리가 지나가자 다음으로 부드럽게 머리를 쓸어 넘기며 드라이를 시도했다. 마지막으로 손으로 세밀하게 머리를 만지며 모양을 잡고 왁스를 바르자 두영은 산뜻한 얼굴의 훈남으로 바뀌어갔다.

두식은 머리를 다 만지고 나서 방에 들어가 백화점에서 새로 산 옷과 구두를 꺼냈다. 두영의 체격을 자연스럽게 드러내면서도 하얀 피부에 잘 받는 옷으로 골라 두영의 몸에 대보았다. 그리고 옷에 맞는 색의 신발까지 놓아두고 신중하게 느낌을 살폈다. 두식은 가장 어울려 보이는 옷과 신발을 선택해 두영의 손에 건네주고 방으로 등을 떠밀었다.

잠시 후 두영이 쭈뼛거리며 새 옷과 새 구두를 신고 나왔다. 이런 일들이 어색한지 쑥스러운 듯이 고개를 숙이고 뒤통수를 가볍게 긁었다. 머리에서 발끝까지 꾸민 두영은 어디를 가도 시선을 사로잡을 만큼 멋진 모습이었다. 두식이 저절로 나오는 감탄사를 연발하며 박수를 쳤다.

"괜찮아?"

두영이 붉어진 얼굴로 물었다.

"간지 터져."

두식이 흐뭇한 미소를 지으며 두영의 팔을 잡아 자신의 팔에 끼웠다. 쇠뿔도 단김에 빼라고 하지 않았는가. 이론을 배우고 준비를 마쳤으니 이제는 실전에 돌입할 차례였다.

"오케이, 출동!"

두식은 신이 난 목소리로 외치며 두영과 함께 그대로 현관을 나섰다.

감미로운 목소리가 비트에 맞춰 울려 퍼지고 흥에 겨운 사람들의 들뜬 분위기가 클럽 안을 가득 메웠다. 자리를 잡은 두식과 두영은 여유가 넘치는 얼굴로 다리를 꼬고 앉아 있었다. 지나가는 여자들이 힐끔거리며 두 남자를 의식하고 시선을 보냈다. 두영은 두식이 알려준 대로 술잔을 들지도 않고 조각상처럼 연습한 각도를 그대로 유지하고 있었다.

"다리 쥐나는데 자세 바꾸면 안 돼?"

문득 자세가 불편해진 두영이 물었다.

"안 돼."

두식이 곁눈질로 여자들의 동선을 살피며 단호하게 대답했다.

"허리 아픈데."

"세상에 쉬운 일이 어디 있어. 참아. 내가 싹 낚아 올 테니까 그대로 각 잡고 있어."

두식이 본격적으로 행동에 나서며 두영의 귀에 대고 말했다. 그러자 두영이 일어나는 두식을 붙들었다.

"저기."

"왜?"

"난 임수정 스타일로."

억지로 끌려오는 것처럼 굴던 두영이 갑자기 자신의 이상형까지 언급하자 두식은 어이가 없다는 듯 웃음을 터뜨렸다. 두식이 걱정하지 말라는 의미로 어깨를 두어 번 두드리며 여자들이 모여 있는 테이블을 향해 걸어갔다.

홀로 남은 두영은 연습한 대사를 중얼거리며 머릿속에 다시 떠올렸다.

"인간에게는 두 가지 눈이 있죠. 육체의 눈……."

"혼자 오셨어요?"

불쑥 낯선 여자의 목소리가 끼어들었다. 높은 어조의 가녀린 목소리가 조심스럽게 말을 걸어오자 두영의 귀가 솔깃했다.

"네? 아 형이랑요."

두영이 온몸에 긴장감이 도는 것을 느끼며 대답했다.

"그렇구나. 전 친구들이 하도 오자고 해서요. 그런데 처음이라 어색하네요. 잠깐 이야기 좀 나눌 수 있을까요?"

여자의 말에 두영은 상기된 얼굴로 고개를 끄덕였다. 두식이 가르쳐준 방법이 정말로 여자한테 통한다고 생각한 두영은 자신감이 솟구쳤다.

"인간에게는 두 가지 눈이 있죠. 육체의 눈. 그리고 마음의 눈."

두영이 암기한 대사를 떠올리며 여자를 향해 준비된 말들을 던지기 시작했다.

"마음의 눈이요?"

"눈치 채셨겠지만 전 안타깝게 육체의 눈을 잃었어요. 덕분에 거칠게 방황했죠."

"어머, 어떡해."

여자가 안타까운 목소리로 말했다.

"하지만 신은 저에게 다른 눈을 주셨습니다. 마음의 눈."

자신의 이야기에 반응하는 여자의 말에 신이 난 두영이 술술 말을 이었다.

여자는 두영에게 호감을 느끼며 육감적인 몸매를 바싹 붙였다. 여자의 부드러운 가슴이 자신의 팔에 닿는 것을 느낀 두영은 전기가 온몸을 훑고 지나간 것처럼 저릿했다.

"마음의 눈으로 전 어떻게 보일까요?"

여자가 뜨거운 숨이 느껴질 만큼 두영 가까이 얼굴을 대고 물었다.

"음…… 임수정?"

"어머! 정말 보이시나 봐요! 사람들이 저보고 김태희랑 임수정 반반 섞어 놓은 거 같다고 하거든요."

여자가 신이 난 목소리로 맞장구를 치자 두영의 얼굴에 화색이 돌았다. 정말 김태희랑 임수정을 섞어 놓은 거 같다면 얼마나 예쁠지 상상조차 되지 않았다. 온몸 가까이 느껴지는 굴곡진 몸매와 아름다운 얼굴이 두영의 머릿속에 제멋대로 그려졌다.

그때였다. 멀리서 여자와 함께 있는 두영을 발견한 두식이 놀란 얼굴로 한걸음에 달려왔다.

"제가 좋아하는 여배우는 딱 둘입니다. 김태희, 임수정."

두영이 대답하는 동안 근처로 다가온 두식이 여자의 얼굴을 살펴보았다. 두식이 보기에는 김태희와 임수정과 거리가 아주 멀고 먼 얼굴이었다.

"두영아, 두영아?"

두식이 다급한 심정으로 두영을 불렀다.

"응, 여기. 인사해."

두식의 목소리를 들은 두영이 여자를 소개를 시켜주겠다고 나섰다. 그러나 이미 두영에게 반한 여자는 두식을 본체만체하고 두영에게만 다정하게 말을 건넸다.

"신이 질투하셨나 봐요. 그쪽 미모에 질투가 나서 시력을…… 제가 그쪽 두 눈이 되어드리고 싶어요. 어떠세요?"

"감사합니다."

두영은 시끄러운 음악을 뚫고 들려오는 여자의 제안에 덥석 인사를 하며 대답했다. 옆에서 지켜보던 두식이 기다리다 못해 직접 나서서 두영을 말리려 들었다. 그 사이 여자가 기회를 놓치지 않고 입을 맞추기 위해 두영의 목을 끌어안았다. 두식이 여자의 품에서 두영을 낚아채듯 잡아당기며 외쳤다.

"여기서 이러시면 안 됩니다. 저기요!"

여자는 상관하지 말라는 듯 팔에 힘을 주며 자신의 품으로 두영을 더 끌어당겼다. 두식과 여자 사이에서 두영은 어느 쪽으로도 움직이지 못한 채 당황스러워했다. 결국 힘의 균형이 어긋나면서 여자에게 쏠린 두영의 얼굴이 여자의 입술에 닿았다. 덕분에 두영의 눈에는 선명한 입술 자국이 생겨났다. 두식이 눈을 동그랗게 뜨며 기겁했고 놀란 두영은 물에 빠진 사람처럼 허둥거렸다.

집으로 돌아온 둘은 거실에서 서로를 마주보고 앉아 있었다.

두식은 두영의 눈에 도장처럼 찍힌 입술 자국을 물티슈로 지워내며 투덜거렸다.

"형이 컨펌할 때까지 기다려야지, 개새야!"

"아니 자기가 김태희랑 임수정 반반 섞였다고 했어."

두영이 입을 비쭉대며 변명을 했다. 그러자 두식이 더 세게 문지르며 남은 자욱을 닦아내고 목소리를 높였다.

"세상이 그래 인마. 얼마나 무서워? 그 얼굴로 여신 이름 들먹이고?"

"몸매는 괜찮던데."

"이야, 이 새끼 봐라? 그새 몸매 스캔 끝내셨어? 청출어람이 따로 없네."

두식이 두영의 어깨를 툭 치며 놀리자 두영이 발끈하며 소리쳤다.

"아 어떻게 생겼는데!"

"알면 잠 못 자. 그냥 김태희랑 했다고 쳐."

두식이 귀찮다는 듯이 말했다.

"아, 그럼 더 상상되잖아. 그냥 말해!"

"음, 있잖아. 니가 술이 떡이 됐어. 그래서 이제 막 길바닥인지 방바닥인지, 전봇대가 섰는지 누웠는지 분별을 못해. 떡실신! 느낌 오나?"

"근데?"

두영이 흥미진진한 얼굴로 물었다.

"근데도, 그 지경인데도, 그 여자 얼굴을 보잖아? 술이 확 깨! 감 오지?"

두식이 과장해서 말하며 약을 올렸다.

"에이 씨!"

두영이 허공에 발길질을 하며 몸부림을 쳤다. 그러더니 퉤퉤 침을 뱉으며 두 손으로 얼굴을 마구 문질러 댔다. 두식은 그런 두영을 보고 혀를 끌끌 차며 고개를 절레절레 흔들었다. 그러나 한편으로는 그 모습이 귀엽게 보여 피식 웃음이 새어나왔다.

한낮의 대학병원에는 적막한 고요가 흘렀다. 환자복을 입은 사람이 링거를 끌고 두식의 옆을 느리게 지나쳐갔다. 로비에 서있던 두식은 안내 받은 문자에 적힌 진료실을 찾아 걸음을 옮겼다.

"저기요. 검진 결과 나왔다고 오라고 해서요. 그런데 나 검진

한 적 없는데?"

자리를 지키고 앉아 서류를 살피고 있는 간호사에게 다가가 물었다.

"잠시만요, 성함이?"

"고두식."

간호사는 보던 서류를 접어두고 모니터를 바라보며 자판에 이름을 입력했다. 그리고 내용을 확인하더니 두식에게 친절한 목소리로 설명했다.

"아 지난번에 응급실로 내원하셨잖아요. 그때 CT랑 피검사랑 한 거 결과 보시라구요."

두식이 어리둥절한 얼굴로 안내받은 의자에 가서 자리를 잡고 앉았다. 창백한 얼굴로 병실을 나오는 사람들을 보자 괜스레 숨이 갑갑했다. 멍하니 하얀 벽을 응시하던 두식은 얼마 지나지 않아 진료실로 들어가라는 소리를 들었다.

두식은 심드렁한 얼굴로 의사 앞에 앉았다. 예상하기로는 담배를 피우지 말라든가 술을 줄이라는 뻔한 잔소리가 들려올 것 같았다. 그러나 이상하게도 의사는 뜸을 들이며 컴퓨터 화면으로 무언가를 재차 확인했다.

좁은 진료실 안은 너무 조용해서 시계의 초침 움직이는 소리까지 들릴 정도였다. 이상한 낌새를 눈치 챈 두식이 계속해서 다리를 떨었다. 참다못한 두식이 입을 열려던 찰나 의사가 두 손을 책상 위에 올리며 말했다.

"저기요, 고두식 씨. 이런 말을 하기 참 어려운데요. 바로 말씀드리겠습니다."

두식은 마른 입술을 움찔거리며 침을 삼켰다. 무거운 얼굴을 한 의사를 마주하고 있자니 불안감이 물밀 듯이 밀려들었다. 의사가 하기 어려운 말이 뭐가 있을까. 두식의 머릿속에서는 잠깐의 찰나에도 수많은 불행한 상황들이 마구 떠올랐다.

의사는 실수를 하지 않으려는 듯이 마지막으로 다시 한 번 화면을 바라보았다. 미간에 주름이 잡히고 눈매가 깊어진 의사의 얼굴이 이미 비극적인 말을 하고 있는 듯 했다. 두식을 바라본 의사가 아래로 시선을 낮추며 말했다.

"췌장암 말기입니다. 삼 개월 정도 남았다고 생각됩니다."

두식은 방금 들은 말인데도 잘 이해가 가지 않았다. 다시 물어보려고 입을 열었지만 갑자기 목소리도 나오지 않았다. 공기가 단단하게 얼어붙으면서 의사 뒤로 비쳐드는 햇살에 부유하는 먼지가 선명하게 보였다. 모든 움직임이 정지했고 주변의 소리들이 두식으로부터 아득히 멀어지는 느낌이었다.

의사는 머리를 세게 얻어맞은 것처럼 멍하게 앉아있는 두식의 얼굴을 살피며 손을 뻗었다.

"저기, 고두식 씨."

의사가 두식의 어깨에 손을 올리려고 하자 두식은 몸서리를 치듯 의사를 제지하며 가까스로 말을 뱉었다.

"잠시만요."

"받아들이시기 너무 버겁다는 거 알고 있어요."

의사가 손을 거두며 안쓰러운 표정으로 말했다. 고개를 떨어 뜨리며 시선이 급격하게 흔들리는 두식의 모습은 마치 헤어 나올 수 없는 나락으로 끝없이 추락하는 사람 같았다. 귀에 사이렌 소리가 울리며 이명이 일었고, 앉아 있는데도 시야가 어지럽게 흔들렸다. 도무지 믿을 수 없는 사실에 두식은 울음을 토하듯 중얼거렸다.

"씨발, 잠시만……."

의사는 한동안 혼란스러워 하는 두식을 가만히 지켜보았다. 그리고 잠시 후 간호사가 들어와 망부석처럼 굳은 채 움직이지 못하는 두식을 데리고 진료실을 빠져나왔다.

병원 복도에 멍한 표정으로 앉아있는 두식의 눈에 진찰을 받고 나오는 다른 환자들과 그들의 우울한 얼굴을 선명하게 드러내는 쨍한 전등 불빛이 보였다. 아무런 생각도 할 수 없었고, 더 이상 어떤 생각도 하고 싶지 않았다. 두식이 손으로 얼굴을 감싸고 있는 동안 간호사들이 그 모습을 힐끔거리며 지나갔다.

시간이 지나도록 선명해지는 것은 삼 개월이 남았다는 사실 뿐이었다. 두식은 분명 울음이 터질 것 같은 느낌이었는데 이 상하게도 웃음이 새어나왔다. 두식은 미친 사람처럼 웃으면서 과거의 기억들을 떠올렸다. 집을 나와 거리를 떠돌면서 해왔던 수많은 일들과 사람들의 눈치를 보며 밤을 지새우고 상처받으 며 울분을 토하던 시간들, 그리고 사람들에게 못할 짓을 하고 교도소에 수감되어 지냈던 후회의 나날들. 이제 겨우 집으로 돌아와 두영과 행복한 시간을 보내고 있던 터였다. 두식은 자 신에게 이런 시간조차 오지 않는 것에 분노를 느끼면서도 심장 이 뚫린 것처럼 허탈함이 밀려왔다.

두식이 문득 웃음을 멈추고 표정을 일그러뜨렸다.

"말 같은 소리를 해야 이해를 하지."

아무런 고통도 없었는데 갑자기 암이라는 말을 믿을 수 없었 다. 마음이 다급해진 두식이 접수하는 직원에게 다가가 횡설수 설하기 시작했다. 마지막 동아줄을 잡으려고 발악하는 사람처 럼 애처로운 얼굴이었다.

"요즘 의술이 얼마나 좋은데 삼 개월이 남았다고 단정을 하 고 그래? 의사한테 다시 진료보라고 해봐. 그럴 리가 없다고. 잘 못된 거 아냐? 씨발, 돌팔이가 잘못 본 거 아니냐고. 아니면 여 기서 최고 잘하는 의사한테 내일 당장 수술해 달라고 해. 나 돈 있다고. 수술하면 되잖아!"

직원은 갑작스러운 상황에 몸을 뒤로 피하면서도 두식의 말에 차분하게 대답했다.

"고객님, 심 박사님 진료 스케줄은 저희가 임의로 할 수 없어서요."

"참나, 웃기잖아요, 네? 저 돌팔이 새끼는 내가 앞으로 삼 개월 살고 뒤질 거라는데, 이 병원 최고라는 의사는 몇 달을 기다려야 진료 받을 수 있다는 게 뭔 개 잡소리냐고! 배운 양반들이 덧셈 뺄셈이 안 돼?"

열이 오른 두식이 윽박을 지르며 접수대를 발로 걷어찼다. 쾅쾅거리는 소리가 울리며 악에 찬 두식의 목소리가 이어지자 지나가던 사람들이 발길을 멈추고 모여들었다. 주변이 소란스러워지는 순간에도 두식은 오로지 살아야겠다는 생각뿐이었다.

"고객님 병원 시스템이요……."

여직원은 상황이 점점 나빠지자 도와줄만한 다른 직원을 찾아 주변을 두리번거리며 두식에게 설명을 거듭했다.

"알아들었다니까? 그러니까 대답을 해보라고! 이제 접수하면 몇 달은 기다려야 진료를 받을 수 있는 게 시스템인 거 알아들었으니까! 근데 책임질 거야? 기다리다 뒤져버리면 니들이 책임지냐고!"

인내심이 바닥난 여직원이 난감한 얼굴로 손을 들어 남직원을 불렀다. 양복을 입고 로비에서 안내를 하고 있던 남직원이 다가와 삿대질을 하는 두식을 말렸다.

"고객님 죄송합니다. 여기서 이러시면 안돼요."

두식은 남직원을 뿌리치며 바닥에 주저앉아 같은 말을 반복하기 시작했다. 난동을 부리는 취객이라기보다는 엄마를 잃어버린 어린아이 같은 모습이었다.

"좆같은 말 집어치우고 대안을 말해 대안을! 어떻게 할까? 내가 씨발 췌장암 말기라는데 기다리다 콱 뒈져버리면 되는 거야? 어? 그게 시스템이야?"

두식이 췌장암 말기라고 소리치자 구경을 하던 사람들이 술렁거렸다. 두식이 이상한 사람인지 정말 시한부 선고를 받은 게 사실인지 숙덕거리는 모양이었다. 두식은 남은 힘을 쥐어짜며 더 목청을 높였다.

"무슨 대학병원이 동네 개인 병원만도 못해! 좆같은 시스템!"

사실 두식은 의사의 말이 귓가에 계속 들려와 두려웠다. 사실이라고 생각할 때마다 온몸이 벌벌 떨릴 만큼 두려워져 계속 소리를 질러댔다. 극도로 흥분한 두식이 벌떡 일어나 주머니에서 지갑을 꺼내 돈을 마구 끄집어냈다. 지폐들이 허공에 날리며 빙그르르 돌다가 바닥으로 떨어졌다.

한참동안 난동을 부린 두식은 무릎에 손을 짚고 허리를 숙인 채 숨을 몰아쉬었다. 온몸에 땀이 비 오듯 흘렀고, 눈에서는 눈물이 뚝뚝 떨어졌다.

"씨발, 아 씨발 진짜."

　두식은 울면서 욕지거리를 했다. 억울해서 견딜 수가 없었다.

　남직원의 손에 이끌려 병원을 나온 두식은 주차해둔 차에 올라탔다. 손이 벌벌 떨려 운전대를 잡기가 어려웠다. 휴대폰에는 두영의 부재중 전화가 남겨져 있었다. 이대로 집에 들어가면 두영이 좋지 않은 일이 생겼다는 것을 눈치 챌 것 같았다.

　한적한 주차장에는 어둠이 깔리기 시작했다. 두식은 입을 굳게 다문 채 몇 시간을 멍하니 앉아 있었다. 공기가 서늘해질 때즈음 두식은 차 시동을 걸었다. 운전대를 잡은 두식의 눈빛에 비장함이 감돌았다. 굳은 결심을 한 사람처럼 단호한 얼굴이었다.

　병원을 빠져나와 도로로 들어선 두식의 차가 속도를 올리며 질주했다. 두식의 두 눈은 전조등에 비춰 보이는 길을 응시하며 불빛이 만든 경계 너머의 어둠을 응시하고 있었다. 점점 높아지는 속도에 핸들이 불안하게 흔들리며 바퀴가 위태롭게 선을 물었다. 두식은 입술을 질끈 깨물며 자신에게 다짐하듯 혼잣말을 했다.

"똥칠하면서 살 거 뭐 있냐. 깨끗하게 가자."

빠른 속도로 스쳐지나가는 나무들이 괴기한 모양의 그림자처럼 일그러져 보였다. 마음 한구석에 고여 있던 두려움이 온몸으로 퍼져나가면서 근육이 단단하게 굳어지는 기분이었다. 자동차 계기판 속 알피엠에서 경보음이 요란하게 울리며 속도를 낮추라는 신호를 보냈다. 두식은 지지 않으려는 듯이 이를 악다물고 얼굴을 일그러뜨렸다.

발에 힘을 주어 한 번 더 가속 페달을 밟으려는 찰나였다. 옆 좌석에 던져둔 핸드폰이 요란하게 울렸다. 두식이 소리에 반응하듯 흘깃거리자 화면에 두영의 이름이 번쩍였다. 순간 두식의 눈에 눈물이 맺히면서 서러움이 밀려들었다. 자신조차 이대로 세상을 떠나버리면 다시 혼자 남겨진 두영은 영영 어둠 속에 갇혀버릴지도 몰랐다.

희멀건 얼굴로 웃는 두영의 얼굴이 스치자 손끝이 가늘게 떨려왔다. 이대로 죽어버리려고 했는데. 뚫어지게 노려보던 도로에 어른거리는 두영의 얼굴 때문에 두식은 마음이 요동치는 것을 느꼈다. 차 안에 울려 퍼지는 날카로운 경고음과 함께 계기판 바늘이 요란하게 흔들렸다. 두식은 자신이 점점 혼돈 속으로 빠져드는 것을 느꼈다.

끼이익, 바퀴가 도로에 스키드마크를 그리며 굉음을 냈다.

깊고 어두운 구덩이에 처박힌 것처럼 정지한 자동차에서는 연기가 피어올랐다. 충격에 의해 앞으로 몸이 쏠린 두식은 한동안 움직이지 않았다. 다행히 자동차는 도로를 벗어나지 않았고 급격히 방향을 틀어 멈춰선 후였다.

두식의 어깨가 가늘게 떨리기 시작했다. 어둠에 잠긴 자동차 안에서는 주먹으로 핸들을 내리치면서 흐느끼는 울음소리가 새어나왔다. 아무도 도와줄 수 없는 함정에 말려든 기분. 누구의 손도 닿지 않는 곳으로 끊임없이 곤두박질치며 추락하는 듯한 절망감이 온몸을 휘감았다. 이대로 잠들고 싶다는 바람이 간절해진 두식이 눈을 질끈 감았다. 그러나 눈앞에는 햇빛이 쏟아지던 과거의 화창한 날들이 선명하게 떠올랐다.

선선한 공기가 코끝에 스치던 아침, 두식은 벽에 금이 그어진 샘터 목욕탕을 나오며 콧노래를 부르고 있었다. 얼굴이 낯익은 아주머니와 팔을 들어 올려 엄마 손을 꼭 잡고 있는 아이가 목욕 바구니를 들고 입구로 들어오고 있었다. 두식이 그들을 지나쳐 입구로 나가려는데 뒤에서 다정한 목소리가 들려왔다.

"두식아."

고개를 돌리자 개운한 얼굴로 걸어 나오는 새엄마가 보였다. 함께 밖으로 나가자 아버지가 유치원생인 두영과 함께 손장난을 치고 있었다.

"왜 이렇게 오래 걸리나."

아버지가 투덜거리며 말했다.

"천천히 나오시라니까."

새엄마가 두영의 말간 얼굴을 쓰다듬었다.

"여자는 원래 오래 걸려, 아버지."

두식이 그것도 모르냐는 말투로 대화에 끼어들자 식구들의 웃음이 터졌다. 분위기가 좋아지자 두영은 아버지의 바지자락을 잡아당기면서 외쳤다.

"아빠, 오늘은 탕수육도 먹자!

"흐음."

아버지가 입에 힘을 주며 고민하는 듯이 눈을 찡긋거리자 어린 두영이 두식을 올려다보며 순진한 얼굴로 말했다.

"형아, 아빠가 안 된대."

두영에게 몰래 시킨 탕수육 주문이 실패로 돌아가자 두식이 머리를 벅벅 긁으며 인상을 찌푸렸다. 그 모습을 바라보던 아버지가 눈치를 채고 두식을 향해 눈을 흘겼다. 새엄마는 반달같은 눈웃음을 지으며 한참을 웃다가 말했다.

"그래요. 탕수육 한 번 먹어요, 우리. 나도 너무 먹고 싶다."

아버지는 대답을 피해 도망가는 사람처럼 앞장서 걷기 시작했다. 새엄마가 두식의 팔짱을 끼며 아버지를 향해 구두쇠라며 놀려댔다. 두영은 그저 신이 나는지 폴짝폴짝 뛰며 두식의 옆에서 떨어질 줄을 몰랐다. 다정하게 걸어가는 네 식구의 모습이 점점 멀어지면서 골목 저편까지 이어졌다.

눈앞에 어른거리는 모습이 작아지다가 아예 보이지 않을 때까지 두식은 다른 생각을 할 수 없었다. 두식은 하염없이 흐르는 눈물을 팔뚝으로 거칠게 훔치며 애처로운 신음을 흘렸다. 심장이 조여들 만큼 무섭고 두려웠다. 삼 년도 아니고 고작 삼 개월이라니.

"씨발."

욕지거리를 내뱉어도 두려움은 이미 온몸으로 퍼져 무겁게 가라앉았다. 결국 무너지듯 몸을 웅크린 두식이 다리에 얼굴을 묻고 어깨를 들썩이며 오열하기 시작했다. 차 안에는 덫에 걸린 짐승처럼 괴로운 울음소리가 가득했다. 애처로운 숨소리는 평화로웠던 일상이 산산이 부서지는 파열음 같았다. 두식은 어린아이처럼 목 놓아 한참을 울었다. 깊은 밤은 거대하고 차가운 물결처럼 두식의 모든 것을 삼킬 듯이 덮쳐왔다.

끼익, 문이 열리고 두식이 비척거리며 집 안으로 들어왔다. 어떻게 집까지 다시 돌아왔는지 기억이 잘 나지 않았다. 눈앞이 흐려져 사방에 짙은 안개가 가득한 것처럼 보였다. 사무치게 외로워진 두식은 두영의 방으로 걸어가 천천히 문을 열었다. 두영은 방문 앞에서 추위를 타는 것처럼 웅크린 자세로 잠들어 있었다. 두식은 일정하게 숨을 내쉬는 두영의 얼굴을 말없이 내려다보았다. 머릿속이 정지한 것처럼 아무 생각도 할 수 없었다. 그저 두식은 몹시 지쳐 있었다.

두식이 두영의 바로 앞에 똑같은 자세로 몸을 뉘였다. 뼈마디가 덜컹거리며 팔다리가 저려왔다. 긴장으로 뻣뻣하게 굳었던 몸이 풀리면서 졸음이 쏟아졌다. 서로 마주보고 잠이 든 두영와 두식의 모습은 마치 한 배에서 자라는 쌍둥이 같았다. 둘은 어느덧 진짜 형제가 되어가고 있었다.

2부
희망이라는 빛

잠에서 깬 두영은 간밤에 두식이 돌아온 것을 확인하고 마음이 놓였다. 두식이 깨지 않도록 조심스럽게 일어나 부엌으로 걸어 나왔다. 두영은 먼저 그릇들이 쌓인 곳을 더듬거려 손에 느껴지는 촉감과 모양으로 긴 손잡이가 달린 둥근 프라이팬을 골라냈다. 그리고 다른 손으로 가스레인지를 찾아 가운데 둥근 화구 위에 프라이팬을 올렸다. 안전밸브를 열고 레버를 눌러 오른쪽으로 돌리자 화르륵 불이 올랐다. 열기가 손 가까이 훅 끼쳐오는 것을 느낀 두영이 움찔하며 뒤로 물러섰다.

  다음으로 각종 양념과 기름이 놓여 있는 곳으로 가서 식용유를 집었다. 뚜껑을 열고 냄새를 맡으며 기름을 확인한 후 프라이팬 손잡이를 잡고 휘둘렀다. 뜨거운 열기와 불이 타오르는 소리로 인해 위치를 잡는 것은 어느 정도 감이 생긴 상태였다. 냉장고를 열고 문짝에 일렬로 채워진 달걀 하나를 집었다. 손가락에 힘을 주어 프라이팬에 떨구자 기름이 튀어 오르며 구워지는 소리가 났다. 그릇을 쌓아둔 곳에 비죽 솟아있는 뒤집개까지 찾고 나자 두영의 이마에서 식은땀이 주르륵 흘러내렸다.

기름이 끓는 소리에 두영은 마음이 자꾸 조급해졌다. 뒤집개를 들어 계란이 있는 곳으로 추측되는 방향으로 팔을 뻗는 순간이었다. 손등이 프라이팬 손잡이를 치면서 화구에서 밀려난 프라이팬이 중심을 잃고 바닥으로 떨어졌다. 사방으로 뜨거운 기름이 튀고 튕겨나간 프라이팬이 두영의 발등을 덮쳤다. 윽, 하는 신음과 함께 두영이 입술을 꾹 깨물었다. 순식간에 화끈거리는 고통이 밀려오자 소리를 지를 새도 없이 숨이 컥 넘어갔다.

쩡하고 바닥에 쇠붙이가 떨어지는 소리가 들리는 순간 두식은 번쩍 눈을 떴다. 두영이 보이지 않아 허겁지겁 부엌으로 뛰쳐나오자 나뒹구는 프라이팬과 엉망이 된 계란이 눈에 들어왔다. 두영은 그대로 주저앉아 붉게 달아오른 얼굴로 발을 잡고 고통스러워하고 있었다. 순간 울컥 열이 뻗친 두식이 두영의 발을 살피며 소리쳤다.

"다치면 어쩌려고 불을 만져!"

두식은 두영을 거칠게 밀어내고 뜨거운 열기가 느껴지는 프라이팬을 들어 싱크대에 올렸다. 그리고 재빨리 기름을 닦아내고 어지러워진 주변을 정리했다. 대충 치우고 나자 침울해진 표정으로 고개를 숙이고 있는 두영이 보였다. 발등이 벌에 쏘인 것처럼 벌겋게 부어올라 있었다.

"데었네, 씨. 약 어딨어?"

두식이 속상한 얼굴로 일어나 비상약을 찾았다. 서랍을 뒤지던 두식은 갑자기 눈시울이 뜨거워지며 눈물이 고였다. 앞으로 혼자 남게 되면 어쩌려고 벌써부터 다치고 난리인지 마음이 아팠다.

두식이 두영을 향해 휙 몸을 돌리고 윽박을 질렀다.

"배에 그지 들었어? 배고프면 해 달라고 그러면 되잖아 새끼야!"

두영이 몸을 움찔거리며 다리 사이로 고개를 묻었다. 그리고 잘 들리지 않을 만큼 희미한 목소리로 웅얼거렸다.

"내가 해 주려고 했지."

두식은 눈물이 흐를 것 같아 고개를 들어 올리며 괜히 혀를 찼다. 몸을 웅크리고 중얼거리는 두영의 모습은 언제나 다른 사람의 손길이 필요한 아이처럼 보였다.

"뭐가 이렇게 좆 같냐."

두식이 짜증스럽게 말을 뱉자 두영이 고개를 들지 않은 채 말을 이었다.

"엄마가 맨날 후라이 하나 더 구웠었어."

"그게 갑자기 무슨 소리야?"

"후라이 좋아한다고."

"여러 가지로 쇼 하셨구만."

두식이 냉랭한 목소리로 비꼬듯 말했다.

"마당에 감나무…… 그 후라이 먹고 큰 나무야. 하루 종일 기다리다가 다 식으면 나무한테 묻어줬어. 이거 먹고 맛있는 감 내줘라. 우리 두식이 주게, 그랬어."

"씨발 그만 해라. 완전 신파야. 누가 그딴 거 믿기나 할 줄 알아? 약 어딨어!"

더 이상 감정을 참기 어려워진 두식이 짜증을 부리며 발을 굴렀다. 두영은 대답 없이 손을 더듬거리며 식탁 다리를 만지면서 일어나 자리에 앉았다. 혼자 외롭게 앉아있는 두영의 우울한 표정을 본 두식이 도망치듯 문을 열고 마당으로 나왔다.

두식은 평상에 걸터앉아 담배를 꺼내 물었다. 착잡한 표정으로 쳐다보는 것은 두영이 말한 감나무였다. 숨을 토하듯 깊은 한숨을 내쉬었다. 복잡한 생각들이 뒤엉켜 영영 풀리지 않을 것 같은 기분이었다.

열을 가라앉히고 다시 들어온 두식이 서랍에서 약을 찾아 두영에게 다가갔다. 수포가 잡힐 만큼 심하게 부은 발을 보자 표정이 급격하게 어두워졌다. 두식은 두영의 발을 잡고 살살 약을 발랐다.

"걸을 수 있겠어?"

약을 정리하며 문득 두식이 물었다.

"어?"

"옷 갈아입자."

"어디 가?"

두영은 어리둥절한 얼굴이었다.

"니 엄마 보고 싶다며?"

두식의 말을 알아챈 두영의 얼굴에 화색이 돌았다.

두식은 드라이기를 들고 나와 두영의 어설픈 머리를 가지런하게 매만지기 시작했다. 무심한 얼굴이었지만 뜨거운 바람이 얼굴에 가까워지지 않도록 신경을 쓰는 세심한 손길이었다.

머리가 어느 정도 정리되자 서랍에서 양말을 꺼내와 두영의 손에 쥐어주었다. 두영이 의자에 발을 올리고 더듬거리며 양말을 신었다. 거즈를 덮어놓은 화상 부위에 자극이 가지 않도록 조심스러운 동작이었다.

"이전한 납골당 좋아?"

"완전 좋아."

두식이 냉랭한 목소리로 대답하며 옷장에 걸어둔 셔츠를 꺼내 두영에게 툭 던졌다. 두영은 수월하게 팔을 넣어 입고 나서 단추를 엇갈려 끼우기 시작했다. 그 모습을 본 두식이 한숨을 푹 내쉬며 다시 단추를 빼내고 제자리에 끼워 넣었다.

"모가지부터 맞춰서 잠가야 될 거 아냐, 인마."

평소 두식과 다른 목소리에 분위기가 무겁게 가라앉았다. 이상한 낌새를 느낀 두영이 넌지시 물었다.

"어디 아파?"

마지막 단추를 구멍에 넣던 두식의 손이 움찔거리며 굳어졌다. 그러나 이내 아무렇지도 않은 기색으로 재빨리 대답했다.

"아프긴. 아 빨리 입어!"

매끄러운 타일이 깔려있는 입구로 들어서자 멀리 유리 상자처럼 쌓여있는 보관함이 보였다. 두식은 부모님을 모셔놓은 위치를 찾기 위해 납골당 안내판을 뚫어지게 응시했다. 두영은 차분한 얼굴로 신경을 집중하고 있었다.

부모님의 납골이 모셔진 공간 앞에 서자 두식은 도착했다는 말 대신 두영의 등을 토닥거렸다. 그러자 두영은 입술을 가늘게 떨며 손을 뻗어 유리를 매만졌다. 목이 메는지 두영이 두어 번 마른기침을 하고 입을 열었다.

"아빠, 엄마. 나, 같이 왔어."

두영을 세워두고 답답한 기분에 주변을 서성거리던 두식은 괴로운 표정을 지었다. 고개를 돌려 멀거니 서 있는 두영을 보니 미쳐버릴 것 같은 기분이었다.

'저 놈을 두고 왜 모두 이렇게 되는 거야.'

속으로 한탄하던 두식은 욕지거리가 터져 나오는 것을 삼키며 아랫입술을 깨물었다. 두영은 무슨 생각을 하고 있는지 아득한 표정이었다.

한참을 서서 시간을 보낸 두영이 이제 가도 좋다는 듯이 형을 불렀다. 두식이 두영을 데리고 건물을 빠져나오자 풀 내음이 바람에 실려 왔다. 두식은 가까이 보이는 벤치에 두영을 데려가 앉히며 말했다.

"여기 잠깐만 있어. 화장실 좀 다녀올게."

두영은 자신을 버려두고 떠나는 엄마를 붙잡는 아이처럼 다급하게 손을 올려 두식의 팔을 꼭 붙들었다.

"빨리 와."

두식이 고개를 끄덕이며 걱정하지 말라는 듯 두영의 어깨를 매만졌다.

다시 납골당 안으로 돌아온 두식은 두영이 서 있던 자리로
가서 유리 너머를 응시했다. 안에 놓여 있는 사진에는 눈가에
긴 주름이 잡히도록 환하게 웃고 있는 아버지와 새엄마인 두영
엄마의 여린 얼굴이 보였다. 둘은 다정하게 얼굴을 기대고 같
은 곳으로 시선을 보내고 있었다. 사진 옆에 놓인 항아리는 너
무 작아서 실감이 나지 않았다.

'죽고 나면 저 작은 항아리도 다 채우지 못하는 재가 되는 건
가.'

가슴이 묵직하게 내려앉으며 날카로운 가시에 찔린 듯 저려
왔다. 손끝까지 떨림이 전해지자 두식은 주먹을 불끈 쥐어보며
착잡한 심정을 떨쳐보려 애썼다.

"두 분 아드님은 장님이 되었고."

두식은 크게 심호흡을 하며 어깨를 바로 폈다.

"아버지 후레자식인 나는, 곧 죽는답니다. 우리 시시비비야
곧 만날 테니 그때 쇼부 보기로 하고."

숨이 턱 막혀오자 두식은 다시 숨을 골랐다. 눈에 핏발이 서
며 눈물이 가득 차올랐다.

"저 새끼 두영이. 어쩌실 거예요?"

두식은 울음이 솟구쳐 오르는 것을 느끼며 고개를 떨어뜨렸
다. 얼굴을 감싸 쥔 두 손 사이로 눈물이 새어나왔다. 벤치에서

기다리고 있는 두영을 생각하며 거칠게 눈물을 훔쳐보았지만 눈물은 쉽게 그치지 않았다. 괴로운 듯 몸서리를 치며 허공으로 헛발질을 했다. 사진 속 아버지와 새엄마의 평온한 미소가 원망스럽게 느껴졌다.

집으로 돌아가는 차 안에서 두영은 차창 밖을 향해 멍한 얼굴을 하고 있었다. 두식은 노을이 지며 하늘 가득 붉은 빛이 풀어지는 것을 보았다. 둘은 각자 다른 생각에 깊이 잠겨 있었다. 해가 기울면서 먼 서산 뒤로 완전히 넘어가자 주변은 금세 컴컴한 어둠이 번졌다. 바람이 빠른 속도로 얼굴에 스치는 것을 느끼고 있던 두영이 문득 고개를 돌리며 입을 열었다.

"저기 말야."

"왜?"

"나중에 말이야. 죽어서 하늘나라 가면 그때도 나 장님일까?"

두식은 저도 모르게 운전대를 잡고 있는 손에 힘이 들어갔다. 목이 메는 것을 숨기려고 적당한 말을 떠올리려 애썼다.

"그럼 아빠랑 엄마, 못 찾겠지?"

진지하게 묻는 두영의 말에 두식은 헛기침을 하며 목을 가다듬었다. 그리고 냅다 욕지거리를 하며 농담처럼 대답했다.

"븅신. 니 엄마 너 떴다고 하잖아? 그러면 너한테 득달같이 달려올 거다. 별 걱정을 다하네. 개새."

두영은 무슨 생각을 하는지 잠시 말이 없었다. 그러다 다시 두식을 향해 말을 이었다.

"근데……."

"아 왜! 잠이나 자."

"나 찾아올 거야? 내가 안 보여서 못 찾으면, 나 찾아올 거야?"

마음이 한결 편해졌는지 두영이 장난스러운 동작을 취하며 두식에게 물었다. 두식은 해맑은 얼굴로 장난을 거는 두영을 보자 허를 찔린 사람처럼 울컥 감정이 솟았다. 두 눈에서 뜨거운 눈물이 흘러내렸다. 두식은 들키지 않으려고 숨을 죽이고 천천히 숨을 골랐다. 눈물이 하염없이 흐르고 있었지만 일부러 비꼬듯 말을 던졌다.

"자빠져 자."

두영은 눈치 채지 못했는지 끙, 하고 신음을 내며 팔짱을 끼고 의자 깊숙이 몸을 기대었다. 그리고 길게 하품을 하며 눈을 감았다. 두식은 잠을 청하는 두영의 얼굴을 보며 다시 고민에 빠져들었다. 두식의 두 눈에 여느 때와 다른 눈빛이 스쳤다.

한가로운 오후 기름진 냄새가 거실을 가득 메웠다. 두영은 치킨의 살점을 뜯으며 흡족한 얼굴로 맛을 음미하고 있었다.

두식은 두영의 주변으로 떨어지는 튀김가루를 손가락으로 찍어내며 슬쩍 운을 띄웠다.

"너 잘 나갈 때 유도 엄청 잘했다며. 내가 그걸 몰랐네. 금메달 유망주였다면서?"

두영은 유도 이야기가 나오자 눈썹을 꿈틀거렸다. 그리고 아무 말도 듣지 못한 사람처럼 바쁘게 치킨을 씹으며 입을 오물거렸다.

"그 좋은 기술 뒀다 뭐하냐. 써 먹어야지. 원래 짱이었으면 장애인 올림픽 나가면 니가 다 먹는 거 아냐. 그치?"

두식이 눈치를 보며 말을 이어가자 두영이 정색을 했다.

"무슨 말이 하고 싶은데."

"유도 다시 하자."

"그거 꼬시려고 치킨 먹이는 거야?"

"어."

"싫어."

두영은 말이 끝나기가 무섭게 먹던 치킨을 툭 내던졌다. 두식이 가까이 붙어 앉으면서 단도직입적으로 말을 꺼냈다.

"왜. 병신 육갑한다고 그럴까봐?"

발로 밟은 빈 캔처럼 두영의 표정이 순식간에 일그러졌다.

"재밌냐?"

기분이 상한 듯 두식을 향해 쏘아보며 서늘한 말투로 물었다.

"맞잖아. 병신된 거."

"슈퍼도 못 간다고!"

두영이 분노에 몸을 떨었다. 급격하게 얼어붙은 분위기를 느끼고 두식이 콧등을 찡그렸다. 불편한 침묵이 흐르자 두영은 울음이 터질 것 같은 얼굴로 소리쳤다.

"혼자서 라면 하나 사러 슈퍼도 못 간다고! 그딴 놈이 무슨 국가를 대표해!"

"도와주잖아!"

두식이 더 큰 목소리로 대꾸했다. 두식은 그 어느 때보다 진지한 기색으로 두영을 설득하고 있었다. 두영은 혼자 고민하는 동안 느꼈던 절망과 자괴감이 다시 선명해지자 온몸이 딱딱하게 굳는 기분이었다.

"코치 그 여자도, 사람들도 도와줄 거라고! 너 혼자 무섭게 놔두지 않는다고."

어느새 두식은 애원에 가까운 말투로 두영을 설득하고 있었다. 이미 기분이 상한 두영이 가까이 있는 두식을 거칠게 밀어내며 몸을 일으켰다. 열이 오르면서 흥분을 했는지 방향 감각을 느끼는데 혼란스러워 하는 모습이었다. 두영이 비틀거리며 발을 내딛다가 균형을 잃고 크게 휘청거렸다. 팔을 허우적거리는 두영을 재빨리 두식이 잡아주었다.

"가자."

두식이 방향을 잡아주며 무거워진 목소리로 말했다. 두영이 침울한 표정으로 방을 향해 움직였다. 진창을 걷는 사람처럼 힘겨워 보이는 걸음이었다.

파도가 밀려오는 해변가에 석양이 지고 있었다. 귓가에는 파도가 부서지는 소리가 가득하고 코끝에는 바닷물 냄새가 물씬 풍겨왔다. 두식은 결연한 얼굴로 두영과 팔짱을 끼고 있었다. 갑작스러운 두식의 생각에 이끌려 바다까지 오게 된 두영은 당황스럽다는 듯이 신경을 곤두세웠다.

두식은 두영을 데리고 해변의 한쪽으로 걸어갔다. 두영은 발을 내딛을 때마다 발모양만큼 부드럽게 무너지는 모래를 느꼈다. 생각한 지점에 도착한 두식이 결연하게 말했다.

"여기서 전력질주를 해보자."

두영이 기가 차다는 말투로 소리쳤다.

"미쳤어? 내가 어떻게 달려? 집에 가자."

두식이 금세 반대 방향으로 걸음을 옮기며 대답했다.

"아무것도 없는 텅 빈 모래 위를 왜 못 뛰어? 내가 저쪽 가서 기다릴 테니까 너 리즈 시절 실력 발휘 해봐."

점점 두식의 목소리가 멀어지는 것을 눈치 챈 두영은 덜컥 겁이 났다. 이대로 두식이 가버리기라도 한다면 꼼짝없이 미아가 될 처지였다. 그런데 전력질주를 해보라니. 아무것도 보이지 않는 두영에게는 사방이 온통 장애물이었다.

"싫어. 싫다고!"

두영이 몸서리를 쳤다.

"언제까지 집구석에 처박혀 살 거야? 평생 운동하던 놈이 운동 안 하면 뭐하고 살 거냐고?"

두식은 절대로 물러서지 않겠다는 얼굴이었다. 자신이 시한부 선고를 받은 이상 가장 빨리 해내야 할 일은 두영이 용기를 갖고 자신의 약점을 뛰어넘는 일이었다.

"죽어버리면 되잖아!"

겁에 질린 두영이 주저앉으며 악을 썼다. 그러자 두식이 열을 내며 다시 두영에게 돌아와 멱살을 쥐었다. 왜 이렇게까지 하려는지 말할 수도 없는데 두영은 자꾸 거부하고 포기하려고 했다. 속이 끓어오른 두식이 목덜미를 세게 쥐자 두영이 컥컥거리며 숨을 거칠게 들이마셨다.

"죽어? 죽는 게 쉬워? 어차피 뒈질 거면 원 없이 달려보고 뒈지든가! 죽을 각오로 뭘 못해!"

두식이 손을 풀며 씩씩거렸다.

두영이 앉은 자리에서 두 손으로 얼굴을 감싸고 괴로운 신음을 흘렸다. 두식은 누군가 자신의 심장을 손아귀에 쥐고 있는 것처럼 저려왔지만 두영에게 손을 내밀지 않고 가만히 기다렸다. 얼굴에서 손을 거두고 불안한 표정으로 주변을 두리번거리는 두영의 두 눈에는 눈물이 가득했다. 두영이 두식을 찾아 팔을 뻗으며 떨리는 목소리로 말했다.

"무서워."

두식이 두영의 손을 힘껏 맞잡으며 확신에 찬 목소리로 말했다.

"형이 볼 거야. 형 믿고 달리자. 할 수 있어. 고두영!"

두식에게 의지해 일어난 두영은 온몸이 긴장감으로 떨려오는 것을 느꼈다. 두식이 걸음을 옮기며 멀어졌고, 두영의 귀에는 파도가 밀려오는 소리만이 남아있었다.

아무도 없는 곳에 홀로 버려진 기분. 길이 보이지 않는 캄캄한 어둠 속을 끝없이 헤매는 기분. 영영 한 발도 나아갈 수 없을 것 같은 절망감이 턱밑까지 죄어들었다.

그때였다. 두영은 멀리서 한 줄기 빛처럼 자신을 끌어당기는 목소리를 들었다.

"고두영! 달려! 이 새끼야!"

두영은 조심스럽게 한 발을 내딛었다. 한 번 움직이기 시작하자 다리에 긴장감이 돌면서 근육이 팽팽하게 당겨지는 느낌이 들었다. 멀리서 들려오는 두식의 목소리를 따라 천천히 걸음을 걷기 시작했다. 어디로 가고 있는 건지, 어떻게 해야 할지 머릿속이 복잡해지던 찰나였다. 다시 두식이 외치는 소리가 들려왔다.

"그렇지! 잘 한다, 고두영!"

속도를 내기 시작하자 두영은 얼굴에 스치는 바람이 느껴졌다. 승냥이처럼 자신에게 달려드는 어둠을 머릿속에서 지워내고, 아무도 없는 해변에서 힘차게 달리는 자신의 모습을 눈앞에 그렸다. 하얗게 부서지는 파도와 끝없이 펼쳐진 바다, 그리고 하늘로 날아오르며 날개를 펴는 새들이 생생하게 보였다.

두영은 속도를 높이면서 더 이상 아무 생각도 하지 않았다. 점점 차오르는 숨을 느끼며 이마에 맺히는 땀과 오랫동안 멈춰 있던 몸의 감각을 깨우는데 집중했다.

두식은 두영이 가까워져 오는 곳을 향해 마중을 가듯 달려가기 시작했다. 두려움을 깨고 발을 내딛은 두영이 너무 자랑스러워서 가슴이 뜨겁게 벅차올랐다. 두식이 코앞에 가까워진 두영을 와락 껴안으며 머리를 마구 쓰다듬었다. 얼굴 가득 땀이 맺힌 두영이 두식을 향해 물었다.

"도와줄 거야?"

순간 두식의 머릿속에는 수많은 생각이 스쳤다. 의사에게 시한부 선고를 받은 일과 치료가 어려운 상황, 그리고 어두운 방에서 이불을 뒤집어쓴 채 스스로를 고립시켰던 두영.

"그래. 내가 도와줄 거야."

두식이 입술을 깨물며 마른침을 삼켰다.

"놀리는 새끼 있으면 혼내줄 거야?"

두영은 울고 있었다. 복받치는 감정을 누르기 위해 연신 입술을 씰룩거렸다. 두식은 두영을 세게 끌어안으며 목청껏 소리를 내질렀다.

"목을 졸라 버릴 거야, 씨바새끼들!"

두식은 남은 시간이 많지 않다는 생각에 더 간절해지는 기분이었다. 두식의 상황을 모르는 두영은 앞으로 더 나아질 수 있을 거라는 희망으로 마음이 부풀어 올랐다.

'형이 도와준다면. 형이 옆에서 힘이 되어준다면. 어쩌면 이 어둠 속에서도 길을 찾을 수 있을지 몰라.'

두영의 눈빛이 설레는 기대감으로 반짝거렸다.

태릉선수촌 로비에는 운동복을 입은 수현이 주변을 두리번 거리고 있었다. 입구에서 수현을 발견한 두식이 손을 들어 크게 흔들자 수현이 어리둥절한 얼굴로 다가오며 말했다.

"어쩐 일이세요? 여기까지?"

두식은 집에서 보던 때와 달리 한창 훈련 중에 나온 수현의 모습이 어색해서 괜히 엉뚱한 말을 건넸다.

"화장하셨나봐?"

"그냥 뭐 조금?"

두식의 지적에 문득 자신의 화장이 신경 쓰인 수현이 손을 들어 가볍게 얼굴을 매만졌다. 그때 두식이 약을 올리듯 입을 열었다.

"그냥 비비크림이나 바르지. 떡 졌다."

불시에 공격을 받은 듯 수현이 입을 비쭉이며 두식을 흘겼 다. 소리가 나지는 않았지만 입으로는 욕지거리를 중얼거리는 듯했다.

둘은 야외로 나와 근처에 있는 벤치를 찾아 앉았다. 두식은 엉덩이를 붙이자마자 수현을 향해 몸을 비틀며 단도직입적으 로 말을 꺼냈다.

"국대 만듭시다. 고두영."

"장애인 국대요? 두영이가 한대요?"

수현이 눈을 동그랗게 뜨며 되물었다. 희소식을 들은 사람처럼 화색이 도는 얼굴이었다.

"겨우 겨우 꼬셨어. 마음 변하기 전에 국대 만들어 줘요."

힘들게 마음을 돌린 두영을 떠올리며 두식이 부탁했다.

"갑자기 왜?"

수현이 고개를 갸웃거렸다.

"뭘 그렇게 물어요. 거 뭐냐. 국대 돼서 금메달 따면 연금이랑 그런 거 잘 나오나? 장애인이라고 반만 나오고 그런 거 아닌가?"

"다 똑같아요. 연금도 혜택도. 왜? 애 매달 따게 해서 묻어갈라고!"

잠시 두식의 말을 곱씹던 수현이 의도를 알겠다는 듯이 눈에 불을 켜고 소리쳤다. 그러나 예상과 달리 두식은 별 다른 대꾸 없이 먼 곳을 보며 생각에 잠긴 얼굴이었다. 잠시 말이 없던 두식이 시선을 거두고 수현을 정면으로 바라보며 말했다.

"대신 조건이 있어."

"조건이요?"

"당신이 두영이 따라 가줘야 해."

두식은 내뱉는 말과 달리 애처로운 표정이었다.

"잘 모르셔서 그러는 모양인데요. 난 일반 선수팀 코치거든요. 그쪽은 감동이랑 코치가 따로 있어요."

당황한 수현이 뒤로 물러나며 설명을 늘어놓았다.

"그럼 구라친 게 되잖아!"

두식이 벌컥 소리를 질렀다. 갑작스러운 반응에 수현이 황당한 표정을 지으며 뒤로 물러났다. 두식이 갑자기 이런 식으로 나오는 이유가 전혀 짐작이 가지 않았다.

"뭐라는 거예요?"

"혼자 아니라고. 도와줄 거라고 했다고요!"

그제야 수현은 고개를 끄덕이며 손을 내저었다. 두식은 어떤 일이든지 도와주겠다고 두영에게 약속을 하고 설득을 해낸 모양이었다. 수현은 반가운 기색으로 차분히 두식에게 설명을 해주었다.

"형님이 매니저 하시면 되잖아요. 두영이 다시 복귀 하면 반응 뜨거울 거고. 형이 훈련, 경기, 따라만 다니면 되는데."

두식은 그럴 수 없는 이유에 대해 설명하려다 입을 닫아버렸다. 입 안에서 떠돌던 말들이 사라지고 머릿속은 복잡해지고 있었다. 어린 두영과 자라온 기억과 집을 떠났던 이유, 그리고 거리를 쏘다니며 지낸 시간, 병원에서 시한부 선고를 내리던 의사의 입모양, 희망을 기대하며 두식을 바라보던 두영의 눈빛까지. 두식은 이 모든 것을 수현에게 잘 설명할 자신이 없었다.

갑자기 자리에서 벌떡 일어난 두식이 불안하게 서성이며 횡설수설했다.

"히스토리가 이래. 두영이 새끼 태어나고 그렇게 이쁘더라고. 인형 같았어. 근데 그 새끼 클수록 그렇게 미워지네. 그 새끼 잘못은 하나도 없는데 말이야. 억울할 거야, 고두영도. 이제야 다시 만나서 조금 예뻐지려고 하는데……. 내가 어디를 가게 생겼어. 두영이 혼자라고. 도와 달라구요. 부탁합시다."

말과 끝나는 순간 동작을 멈춘 두식이 수현을 바라보며 고개를 숙였다. 수현은 갑자기 찾아와 진지한 이야기를 꺼내며 심각한 얼굴로 부탁을 하는 두식이 당황스럽게 느껴졌다. 자초지종을 모두 알기에는 복잡한 사정이 얽혀 있는 듯 보였다. 두식이 다시 옆에 붙어 앉아 쐐기를 박듯 말했다.

"당신이 못 도와주면 두영이 국대 못 만들어요. 당신 밖에 없어요."

두식의 얼굴은 그 어느 때보다 간절했다. 수현은 두영을 돕기 위해서 자신이 할 수 있는 일과 포기해야 할 일을 떠올리며 상황을 가늠해보았다. 경기장에서 쓰러진 두영에게 빛이 사라지던 그 순간, 이미 수현은 언제든 두영을 돕겠다고 마음을 먹었는지도 몰랐다.

밤새 고민을 거듭하느라 제대로 잠을 이루지 못한 수현의 얼굴에는 피로가 가득했다. 수현은 한참 훈련 중인 선수들을 바라보며 마지막으로 자신에게 물었다. 지금 이 자리에서 물러나도 후회하지 않을까.

선수들의 우렁찬 기합소리가 훈련장 안에 울려 퍼졌다. 한때는 두영의 목소리도 이곳에 섞여 있었다. 타고난 재능도 뛰어났지만 무엇보다 다른 누구에게도 지지 않을 만큼 지독하게 훈련하며 땀을 흘렸던 두영이었다. 수현은 두영과 함께 꿈을 꾸었고, 두영은 무서운 속도로 정상을 향해 올라가고 있었다. 하지만 한순간에 모든 것을 놓쳐버리고 의지를 잃었던 두영이 드디어 다시 도전해보겠다고 한 것이다. 두영이 세상으로 나오기로 마음을 정했다면 수현은 온힘을 다해 팔을 뻗어 손을 잡아주고 싶었다.

수현이 두리번거리며 감독을 찾았다. 수현이 부르는 소리를 일상적인 상황 보고 때문이라고 생각한 감독은 선수들의 동작을 눈으로 쫓고 있었다.

"감독님, 저 장애인 국대팀 코치로 보내주세요."

감독님 앞에 선 수현이 두 손을 공손하게 모았다.

"뭐라고? 어딜 가?"

감독은 자신의 귀를 의심하며 놀란 얼굴로 수현을 쳐다보았다.

"장애인 국대팀 코치로 보내주세요."

시선을 마주본 수현이 비장한 말투로 다시 말했다.

"이수현. 낮 술 했냐?"

"술 끊었어요. 보내 주세요."

"임신했어? 사고 쳤니?"

"그럴 남자도 없어요."

"근데 왜! 이 코치. 이번 올림픽 넘기면 대아건설 실업팀 감독자리 니 꺼야. 알잖아!"

감독이 답답한 듯이 열을 올리며 소리쳤다.

"알죠. 저도 고민 엄청 했어요. 얼마나 고민 했으면 변비가 왔다니까?"

수현이 퀭한 눈을 부릅뜨며 대꾸했다.

"그니까 헛소리 집어 치우고 똥 꽉꽉 싸!"

"고두영 데리고 간다구요!"

두영의 이름을 듣자 감독은 험한 인상을 풀며 잠시 말을 잊었다. 정적이 흐르고 무언가 생각하던 감독이 수현에게 누그러진 목소리로 물었다.

"두영이, 다시 운동 한대?"

"네."

수현이 눈을 반짝이며 고개를 끄덕거렸다.

"그 놈만 보내. 내가 거기 연락해서 잘 돌보라고……."

"저랑 같이 아니면 안 보낸대요."

"누가! 고두영이 고아 된 지가 언젠데 구라를 쳐!"

감독이 수현을 몰아붙이듯 목소리를 높였다.

"형 있어요. 두영이 적응하면 돌아올게요."

"돌아오면. 그 자리 공석이라고 누가 책임져."

감독이 냉랭한 목소리로 말하자 수현이 대수롭지 않게 대답
했다.

"그럼 뭐 장애인 국대팀에 뼈를 묻어야지."

"너 고작 지금까지 그렇게 고생해서 달려와 놓고 지금 이
게……. 아 나 진짜."

감독이 허공을 향해 한숨을 푹푹 내쉬었다. 감독은 수현이
여기까지 오는 동안 누구보다 가까이서 지켜보았던 사람이었
다. 아무리 두영을 생각한다고 해도 수현에게는 너무 아까운
결정이었다. 얼마 전에 두영이 사고를 겪은 일도 가슴이 아픈
데 수현까지 자리에서 물러서도록 부추길 수는 없었다.

금세 어두워진 감독의 얼굴을 보며 수현은 울컥 감정이 솟구
쳤다. 수현도 밤새 고민한 끝에 내린 어려운 결정이었다. 감독
의 마음을 알고 있는 수현이 울음 섞인 목소리로 진심을 내보

였다.

"두영이 혼자 보내놓고 나면 저 어디가도 눈에 밟혀서 삑사리 날 거 같단 말이에요."

"난 뭐 속 안 터지냐?"

"고두영이 니 동생도 아닌데 왜 지랄이야!"

"나 보여줘야 돼!"

감독의 말이 끝나기 무섭게 수현이 버럭 소리를 질렀다. 주먹까지 불끈 쥐고 감독을 쳐다보는 눈빛에는 단호한 결심이 서려 있었다. 대체 무엇을 보여준다는 건지. 감독은 영문을 모르겠다는 얼굴로 수현을 응시했다.

"다 잃어도. 앞이 캄캄해도……."

목이 메여오자 수현은 잠시 말을 멈추고 숨을 들이마셨다. 그러나 이내 울음이 터지면서 뺨을 타고 눈물이 뚝뚝 흘러내렸다.

"웃을 수 있는 거 보여줘야 해요. 나도 아까워 미치겠어. 여기까지 온 거! 근데요, 두영이 손 잡아주려면 내가 쥔 거 버려야 되잖아. 내 손 비워야 잡아주지."

감독은 흐느껴 우는 수현을 말없이 쳐다보았다. 무작정 수현의 말을 들어주는 것은 여기까지 달려온 수현의 노력을 물거품으로 만드는 것이었다. 그러나 이곳에서 함께 꿈을 키웠던 두영을 돕지 못한다고 생각하자 억장이 무너질 듯 가슴이 아팠다. 감독이 고민을 거듭할수록 수현과 두영이 저울의 양쪽에 서 있는 것처럼 느껴졌다. 중심을 어디다 두어야 할지 모르겠다는 듯이 고민의 바늘이 이리저리 흔들렸다.

수현이 소매로 눈물을 닦아내며 감독을 향해 말했다.

"도와줘요, 나."

속내를 꺼내 보이며 구원요청을 하는 수현을 보며 감독은 고개를 가볍게 저었다. 수현을 누가 말릴 수 있겠냐고 말하는 표정이었다.

"으이구."

감독이 탄식을 하며 혀를 찼다. 그러자 수현이 입꼬리를 끌어올리며 미소를 지었다. 마음이 가는 대로 결정을 내린 수현의 얼굴은 오히려 편해 보였다.

두식은 벌려 놓은 일들을 다시 정리하기 시작했다. 제일 먼저 중고차 매장을 찾아가 산지 얼마 되지도 않은 아우디를 매물로 내놓겠다고 말했다. 두식은 차를 구입할 때만 해도 이렇게 빨리 정리하게 될 줄을 몰랐다는 생각이 들자 입 안이 씁쓸했다. 키를 넘겨받은 자동차 딜러가 여기저기 차를 꼼꼼하게 살피며 신중을 기했다. 그 모습을 지켜보던 두식이 우울한 얼굴로 삼천 킬로도 타지 않았다고 말을 보탰다.

차를 팔고 돈을 받은 두식은 바로 은행으로 향했다. 두영의 인감도장을 이용해 대출받은 돈을 다시 갚으려는 생각이었다. 직원이 친절하고 명료한 말투로 필요한 절차와 진행 상황에 대해 설명했다. 두식이 수중에 가진 돈을 모두 밀어 넣고 대출금이 얼마나 남았는지 물었다. 모니터를 들여다보며 금액을 확인한 직원이 오늘 상환한 것을 정리하면 갚을 돈은 오백만 원이 남는다고 알려주었다. 새 차를 뽑았다가 중고차로 판매하고 생긴 차액이었다. 두식은 남은 액수를 곱씹으며 은행을 빠져나왔다.

장애인 국대 선발전 아침이 밝았다. 나갈 준비를 마친 두영이 현관에 걸터앉아 신발을 신고 있었다. 두식은 두영에게 다가가 미리 사둔 시각장애인용 지팡이를 손에 쥐어주었다. 두영이 나무 막대기처럼 느껴지는 물건을 받아들고 어리둥절한 얼굴로 물었다.

"뭐야?"

"고두영 눈."

손에 든 물건이 무엇인지 알게 된 두영이 뚱한 표정을 지으며 스틱을 바닥에 내려놓았다.

"싫어."

"안 보인다고 서서 개기는 거 보다 폼 나게 치고 나가는 게

낫다고 봅니다!"

두식이 일부러 밝은 목소리를 내며 기분을 맞췄다. 두영이 마지못한 얼굴로 다시 손을 뻗어 스틱을 만져보았다. 여기저기 관찰을 하다가 연결고리에 힘을 주고 잡아 빼자 스틱이 쭉 늘어나면서 길어졌다. 두식은 이 가느다란 스틱 하나에 의지하며 홀로 많은 길을 걸어가야 할 두영을 생각하자 급격하게 얼굴이 어두워졌다. 걱정이 가득한 두식을 보지 못하는 두영이 자리에서 일어나 스틱을 짚으며 말했다.

"폼 나나?"

"음, 전 세계 장님 중에 니가 최고."

두식이 씁쓸하게 웃었다.

"비유가 그게 뭐냐."

두영이 입을 비쭉거리며 현관문을 열었다. 청명하고 맑은 날씨에 어울리는 깨끗한 빛이 쏟아졌다. 두영도 시원한 바람과 맑은 빛이 느껴지는지 부드럽게 표정이 풀어졌다. 두식이 어깨를 두드리며 응원하자 두영이 조심스럽게 스틱으로 바닥을 두드리며 감을 잡았다. 그리고 장애물이 걸리지 않는지 확인하며 천천히 한 발을 내딛기 시작했다. 조금씩 앞으로 나아가는 두영의 모습을 보며 두식의 눈이 깊어졌다.

둘이 대문 밖으로 나갔을 때 수현은 들뜬 얼굴로 가볍게 몸을 움직이며 긴장을 풀고 있었다.

"좋은 꿈 꾸셨나, 고두영!"

두영이 보이자 수현이 들뜬 얼굴로 인사를 건넸다.

"황이었어요. 코치님 나왔어."

두영이 장난스럽게 말하자 수현이 쾌활하게 웃으며 대답했다.

"길몽일세."

"본인이 돼지라는 거 아는 거지."

"아저씨!"

두식의 농담에 수현이 발끈하며 성을 냈다. 대화를 듣던 두영이 입꼬리를 끌어올리며 키득거렸다. 마치 소풍이라도 떠나는 것 같은 분위기였다.

수현이 끌고 온 차에 두영과 두식이 차례로 올라탔다. 운전석에 앉은 수현이 차키를 돌려 시동을 걸자 엔진이 진동하며 요란한 소리를 냈다. 서서히 움직이기 시작한 차가 속도를 높이자 두영이 문득 생각났다는 듯이 두식을 향해 물었다.

"차는?"

"이쁘게 세차해서 장롱에 넣어 놨다."

말을 돌리려고 두식이 엉뚱한 답을 했다.

"뭐?"

"이쁜 여자 나타나면 꺼낼란다."

두식이 농담을 하며 차를 처분했다는 사실을 숨겼다. 무언가 이상하다고 생각한 두영이 미간을 찡그리고 있을 때 수현이 불쑥 대화에 끼어들었다.

"저요?"

"운전이나 하라고."

수현이 뚱한 표정으로 투덜거리자 두영은 가볍게 미소를 지었다.

두식이 창문을 조금 열자 시원한 바람이 쏟아져 들어왔다. 두영이 어렵게 용기를 내어 다시 시합에 복귀하는 날이다. 경기장에 가면 사람들이 갑자기 사고를 당한 두영을 향해 동정어린 시선을 보내거나, 두영에게 찾아온 불행에 대해 함부로 떠들지도 몰랐다. 그러나 두식은 두영과 함께하는 동안 꼭 가르쳐 주고 싶었다. 이정도 역경이라면 얼마든지 헤쳐 나갈 수 있을 만큼 두영이 강하다는 사실을.

창밖이 풍경들이 빠른 속도로 지나갔다. 경기장에 가까워져 가자 어느새 차 안은 긴장감이 돌기 시작했다.

셋은 선발전이 열리는 건물에 도착해 로비로 들어섰다. 국가 대표 선발전인데도 기자나 관계자들은커녕 관객조차 별로 보이지 않아 분위기가 썰렁했다. 로비 가운데에는 '2015 장애인 국가대표 선발전'이라고 인쇄된 현수막 하나가 붙어있을 뿐이었다.

두식이 대회에 참가하기 위해 온 사람들을 살펴보았다. 다른 시각장애인 선수들도 코치나 가족의 도움을 받아 경기장 안으로 들어서고 있었다. 문득 유니폼을 입고 거침없이 걸음을 걸으며 홀로 경기장을 배회하는 선수를 발견하고 두식이 구시렁거렸다.

"저 새끼는 왜 막 다니고 그래?"

경기장이 익숙한 수현이 두식을 앞서가며 대답했다.

"청각장애 선수들도 같이 선발전 하는 거예요. 참 말 많아."

"참 마음에 안 들어. 속속들이 안 들기도 힘든데."

수현에게 핀잔을 들은 두식이 앞서 걸어가는 수현의 뒤통수를 보며 입을 비쭉거렸다.

"저기."

귀를 기울이며 주변에서 들려오는 소리를 듣고 있던 두영이 입을 열었다.

"어?"

"사람들 많아?"

어깨를 잔뜩 웅크린 두영은 덜컥 겁이 나는 얼굴이었다.

"그럭저럭. 왜? 쫀냐, 지금?"

두식이 대수롭지 않은 목소리로 대답했다.

"다 웃겠지?"

"웃기면 웃겠지."

"……"

"우스운 놈 되는 게 쪽팔린 거야. 너 쫄라 있어 보여. 왜? 고두식 동생이거든, 씨발!"

두식이 헝클어진 두영의 머리 모양을 잡아주며 대차게 소리쳤다. 두영은 어이가 없는지 피식거리면서도 싫지 않은 얼굴이었다.

이제까지 두영이 경기 전에 욕이 섞인 응원을 들은 것은 처음이었다. 그런데 두식의 거침없는 목소리를 들으니까 이상하게 불안함이 가시는 기분이었다. 두영은 머릿속에 그동안 연습해온 기술을 상상하기 시작했다. 단지 앞이 보이지 않을 뿐 그동안 땀 흘려온 시간들은 변하지 않았다고, 두영은 반복해서 되뇌었다.

청색 도복을 입고 몸을 풀고 있는 두영의 이름이 스피커로 흘러나왔다. 심판 셋이 일렬로 들어와 인사를 하고 각자의 위치에 가서 자세를 잡았다. 두영은 경기장 한쪽에 굳은 얼굴로 서 있었다. 반대편에는 흰색 도복을 입은 다른 시각장애인 선수가 가볍게 손을 털고 있었다. 신호가 울리자 준비 중이던 두 선수가 진행 요원의 팔을 잡고 입장했다. 진행 요원들이 마주 서는 곳까지 선수들을 인도해준 뒤 위치를 알려주었다. 가볍게 고개를 끄덕인 두영이 마음의 준비를 하는지 눈을 질끈 감고 깊게 숨을 내쉬었다.

심판이 두 선수의 상태를 확인하고 준비 자세를 취하라고 설명했다. 상대방의 띠를 손에 부여잡으며 힘을 주는 모습에 긴장감이 가득했다. 오랜만에 경기장에 서는 두영은 눈가가 살짝 떨리는 것을 느꼈다. 아무것도 보이지 않는 상태로 감각만으로 몸을 움직인다는 생각에 심한 압박감이 느껴졌다.

지금까지 수없이 지켜보고 올라섰던 경기와는 완전히 달랐다. 예전에는 작전 신호를 보내거나 급한 전략을 외치는 감독의 모습도 있었고, 타이밍을 알려주는 코치의 움직임도 있었다. 그리고 함께 경기를 해온 동료들의 응원과 목청껏 이름을 불러주는 사람들의 함성과 들뜬 표정도 보였었다. 하지만 지금 두영이 서 있는 곳에는 모든 것이 어둠에 잠겨 있었다. 게다가 이상하게도 아무것도 보이지 않는데 모든 감각은 더 예민하게 날을 세우고 있었다. 상대방 선수가 거칠게 몸을 붙이며 가까워오자 긴장감이 역력한 숨소리가 들려왔다. 벌써부터 손에 땀이 배어나는 기분이었다.

심판이 등을 툭툭 치며 경기 시작을 알렸다. 두영이 손에 바짝 힘을 주며 근육을 당겨들었다. 상대방 선수도 두영의 힘에 팽팽하게 맞서며 자세를 굳혔다. 두영은 방어 자세를 취하며 균형을 유지했다. 그러나 어느 시점에서 공격에 들어가야 할지 감을 잡을 수가 없었다. 섣불리 상대를 들어 올려 공중으로 메치거나 다리를 걸고 들어가는 공격을 한다면 위험할 수도 있다는 불안에 사로잡혔다. 어떤 동작을 해서 어떤 식으로 부딪쳐서 어떻게 공격이 들어가야 안전하게 이길 수 있을지 판단이 서지 않았다. 눈빛이 흔들리면서 두영의 머릿속은 백지처럼 하얗게 지워졌다.

두영이 머뭇거리는 사이 상대선수가 공격해 들어왔다. 두영은 힘이라면 지지 않을 자신이 있었다. 일부러 기초 훈련과 근력상태에 중점을 두고 방어기술을 터득해왔기 때문이었다. 그러나 감이 확실한 순간에도 두영은 재빨리 움직이지 못했다. 어쩔 줄 모르는 사람처럼 전전긍긍하며 허무하게 시간을 보내고 있었다.

그 모습을 지켜보던 수현이 애가 타는지 발을 굴러대며 신호를 보냈다. 그러다 두영이 보이지 않는다는 것을 깨닫고 아차 하는 얼굴로 손을 거두었다. 두식은 두영이 망부석처럼 서서 방어만 하고 있는 것이 납득이 가지 않았다. 집에서도 바짝 약을 올렸더니 순식간에 자신을 공중으로 들어 올려 바닥으로 내팽개치던 녀석이 아니었던가. 두식은 손톱을 잘근잘근 씹으며 뚫어져라 두영을 응시했다. 분명 몸의 문제가 아니었다.

심판이 신호를 알리자 두 선수가 서로에게 물러나 숨을 골랐다. 두 선수가 자세를 잡으며 집중하는 눈빛을 보였을 때 다시 공격이 재개되었다. 두 번째 공격에서는 두영이 버티지 못하고 밀리면서 유효가 떨어졌다.

수현이 침통한 얼굴로 속수무책으로 당하기만 하는 두영을 바라보았다. 움직임에 무슨 문제가 있는지 알아내려고 애쓰는 얼굴이었다. 그러나 두영이 움직이려고 하지 않았기 때문에 오히려 움직임에 문제를 찾을 수가 없었다.

심판의 지시에 따라 두영은 상대선수와 떨어져 복장을 정리했다. 숨을 내쉬며 호흡을 조절하고 있었지만 얼굴은 더 딱딱하게 굳어지고 있었다. 그때 인상을 찌푸리고 고심을 거듭하던 두식이 날카로운 눈빛으로 두영을 향해 소리를 질렀다.

"너 지금 적선하는 거야?."

허리끈을 바짝 조이던 두영이 움찔하며 목소리를 알아들었다. 두식이 두 손을 확성기 모양으로 입에 가져다 대고 더 크게 소리 질렀다.

"상대 선수 다칠까봐 쫄았나?"

두영은 그제야 자신이 섣불리 공격을 하지 못했던 이유를 알 것 같았다. 상대선수도 앞이 보이지 않는다는 사실과 자신의 공격에 의해 바닥으로 잘못 떨어져 다칠 수도 있다는 생각이 움직임을 둔하게 만들었던 것이다. 그러나 그것은 두식의 말대로 적선이나 다름없었다. 상대 선수도 땀 흘리며 훈련해온 프로 선수였기 때문이다. 어쭙잖게 하는 걱정이나 행동이 오히려 상대를 모욕하는 일이었다. 두영이 자신의 두 뺨을 가볍게 두드리며 정신을 집중했다. 오랜 시간 익혀온 감각들이 본능적으로 보내는 신호를 믿어야 했다.

심판의 도움으로 다시 상대와 마주섰다. 두영에게는 마지막 기회였다. 이번에 제대로 공격하지 못한다면 경기는 패배로 끝날 터였다. 두영의 얼굴에 매서운 빛이 스쳤다. 두식은 한 번도 보지 못했던 두영의 눈빛에 저절로 손에 힘이 들어갔다.

두영은 앞이 훤히 보이는 것처럼 자세를 잡고 힘을 겨루며 공간을 파고들었다. 상대선수가 다시 공격을 하기 위해 다리를 움직이는 찰나였다. 틈을 알아챈 두영이 재빠르게 발을 걸고 상대를 공중으로 들어올렸다. 두영이 가장 잘하는 기술이었다. 두식의 눈에는 공중으로 넘어가는 상대 선수가 인형처럼 가볍고 거뜬하게 보일 정도였다. 두영이 바닥으로 상대 선수를 내리꽂자 쿵, 하는 소리가 울려 퍼졌다. 심판이 목청을 높여 한판을 외쳤다.

수현이 펄쩍펄쩍 뛰어오르며 소리를 질렀다. 땀을 뚝뚝 흘리며 자리에 선 두영이 승리를 확인하고 잇몸이 드러날 만큼 환하게 웃어보였다. 두영의 얼굴은 조명 아래 있는 것처럼 번쩍거리며 빛을 내고 있었다. 그 모습을 지켜보던 두식은 눈시울이 뜨거워지며 눈물이 핑 도는 것을 느꼈다.

두영은 스틱을 들고 어설프게 땅을 짚다가 이내 두식의 팔을 붙들었다. 경기가 끝나고 긴장이 풀리자 후련한 기분과 지친 기색이 섞인 표정이었다. 두식은 순식간에 상대를 넘기는 두영의 모습을 머릿속에 반복해서 떠올렸다. 가슴 깊은 곳에서 솟구치는 뜨거운 감정, 그것은 아마 어린 두영이 이렇게 잘 자랐다는 뿌듯함인 것 같았다.

한껏 기분이 들뜬 수현은 걸음걸이가 날아갈 듯 가벼웠다. 수현은 곧 콧노래라도 흥얼거릴 듯한 얼굴로 수다스럽게 말했다.

"나 완전 개쫄았잖아. 너 떨어지면 어떻게 되겠어. 난 누군가. 여긴 어딘가? 멘붕, 멘붕, 이런 멘붕이 없네?"

수현이 둘을 향해 손동작을 하며 익살스러운 표정을 지었다. 그때 누군가 이들을 막아섰다. 수현이 고개를 돌려 올려다보자 두영을 바라보고 있는 일반 국대팀 감독이 눈에 들어왔다. 깜짝 놀란 수현이 물었다.

"감독님. 여기 언제 오셨어요?"

두영은 감독이라는 말을 듣자 움찔하며 걸음을 멈췄다. 감독님이 어떤 반응을 보이실지 몰라 신경을 곤두세운 얼굴이었다.

"두영이 운동 오래 쉬어서 걱정했더니만 괜찮네."

너그러운 감독의 말을 듣자마자 두영은 반가운 기색이 번졌다. 소리가 나는 곳을 향해 고개를 들어 부끄러운 듯 웃음을 지었다.

"감독님……."

"말 많은 놈들 말하기 좋은 케이스야 너. 정신 똑바로 차리고 해."

감독이 진지하게 조언을 했다.

"네."

두영이 가볍게 허리를 굽혀 고개를 숙였다.

"두영이 형님이시라구요."

감독이 옆에서 지켜보고 있던 두식을 마주보며 인사를 했다.

"처음 뵙겠습니다."

"장애인 올림픽이라고 만만하게 보면 안 됩니다. 유도는 특히 더 그래요. 두영이 잘 응원해 주세요."

"네."

두식이 정중하게 고개를 숙여 감사를 표했다. 감독은 이들을 바라보며 잠시 생각에 잠기더니 수현의 어깨를 툭 쳤다.

"그리고 이수현. 발령 났다. 유니폼 받으면 명찰 확인 잘하고."

"네."

반사적으로 대답했던 수현이 자신이 들은 말을 다시 떠올리며 고개를 갸웃거렸다. 감독이 입꼬리를 끌어올리며 수현을 향해 더 또박또박 발음했다.

"시각장애인 국대 코치 이수현. 확인하라고."

"예?"

"그니까 니 둘이 다 해 처먹으라고!"

갑작스러운 소식에 수현이 두 손으로 입을 가리며 놀라워했다. 감독은 귀를 세우고 있다가 두리번거리며 상황을 인지하는 두영의 등을 기분 좋게 두드렸다. 수현은 몸을 틀어 감독 앞에 자세를 고쳐 선 다음 넙죽 허리를 굽혔다.

"예! 알겠습니다!"

감독이 미소가 서린 얼굴로 손을 흔들며 멀어지자 수현이 자리에서 펄쩍뛰며 신나했다. 두식은 자신이 사라져도 두영을 도와줄 사람들이 있다고 생각하니 마음이 조금 놓이는 기분이었다.

'국가대표 여러분 환영합니다!'

입소 날에 맞춰 두영을 데리고 선수촌에 도착한 두식은 건물 앞에서 환영 인사가 담긴 현수막을 보고 있었다. 큰 배낭을 메고 스틱을 짚으며 여기까지 온 두영은 땀을 잔뜩 흘리며 숨을 고르고 있었다. 선수촌 앞에는 입소를 위해 모여든 선수들과 배웅을 하고 있는 가족들의 모습이 보였다. 주변을 둘러보며 그들을 지켜보던 두식이 두고 온 물건이 없는지 살피기 시작했다. 그때 두영이 스틱을 짚으며 물었다.

"차 고장 났어?"

두식이 움찔거리며 두영을 바라보았다. 더 이상 숨기기 어려워진 두식이 대수롭지 않은 말투로 대답했다.

"그거? 팔았어. 왜? 지하철 타고 버스 타고 오니까 힘드냐?"

"그런 건 아니고."

"운동은 헝그리 정신이 있어야 돼. 라면만 먹고 메달 딴 사람이 있다고. 그게 아마 일천구백……."

두영은 질린다는 기색을 보이며 고개를 가로저었다. 그리고 제법 익숙해진 동작으로 스틱을 움직이며 앞으로 걸어 나갔다.

두식은 자신의 말을 끊고 앞서 가버리는 두영을 보고 구시렁거렸다. 그러나 마음속으로는 낯선 장소에서도 혼자서 성큼성큼 걸어가는 두영의 뒷모습이 대견스러웠다.

입소한 선수들이 짐을 풀어두고 유도장에 하나둘 모여들었다. 유니폼을 입고 허리에 손을 걸친 채 꼿꼿한 자세로 선수들을 맞이하는 사람은 바로 수현이었다. 정식으로 발령이 난 만큼 누구보다 여기서 좋은 성과를 내겠다는 당찬 얼굴이었다.

수현 앞으로 시각장애인 유도 국가대표 선수들이 모두 모였다. 여자 셋과 남자 넷. 모두 긴장과 흥분이 섞인 묘한 표정이었고 그 속에 서 있는 두영 또한 마찬가지였다. 수현이 힘껏 숨을 내쉬며 명랑한 목소리로 입을 열었다.

"다행입니다. 여러분들이 앞을 볼 수 없어서."

선수들이 인상을 찡그리며 방금 들은 말을 불편해하는 기색을 보였다. 옆에 서서 상황을 지켜보던 감독이 수현을 쳐다보며 눈에 힘을 주었다. 대체 무슨 말을 하느냐는 얼굴이었다. 수현은 아랑곳하지 않고 능청스럽게 말을 이어갔다.

"내 미모를 보면 가슴 떨려서 운동을 못하거든."

선수들은 기가 차다는 듯이 웃음을 터뜨렸다. 두영도 그럼 그렇지, 하는 얼굴로 큭 웃음을 흘렸다. 농담으로 낯선 분위기를 풀던 수현이 힘차게 박수를 치며 다시 시선을 모았다. 그리고 마음에 두었던 말을 당차게 내뱉었다.

"여러분들은 누가 뭐라고 해도 대한민국 국가대표입니다! 그러니 최선을 다해 주십시오! 가슴에 달린 태극기의 무게와 여러분들의 땀과 노력의 무게는 항상 비례한다는 거! 할 것도 없는데 이거나 한번 해볼까 해서 시작한 운동 아니라는 거! 그렇게 스스로를 꼭 증명해 내시길 바랍니다. 파이팅!"

수현의 기운 넘치는 목소리가 유도장 가득 울려 퍼졌다. 두영은 생생하게 울리는 수현의 목소리가 심장을 두드리는 것처럼 느껴졌다. 세상에서 빛이 사라지고 어둠에 잠겼을 때 모든 것을 잃었다고 생각했었다. 그러나 다시 유도를 할 수 있다는 것을 깨닫는 순간 희망으로 가슴이 부풀어 오르는 기분이었다.

결연한 얼굴로 저마다 각오를 다시는 선수들을 살피며 수현이 반듯하게 자세를 잡고 섰다. 수현의 눈에는 어느 누구보다 환하게 빛날 수 있는 사람들이 보였다.

혼자 집에 남은 두식은 싱크대를 짚고 섰다. 옆에는 아무렇게나 놓아둔 약봉지가 있었다. 두식이 한 봉지를 떼어내어 손바닥에 부었다. 쏟아져 나온 둥근 알약들이 한 움큼이나 되었다. 거칠게 약을 입으로 털어 넣은 두식이 수돗물을 벌컥벌컥 마셨다. 식도로 넘어가는 느낌이 불편하고 어색했다.

식탁 아래에는 오전부터 마트에 들려 사온 물건들이 봉지 가득 들어 있었다. 두식은 무심한 얼굴로 봉투를 열고 하나 둘씩 낮은 칸에 정리를 하기 시작했다. 햇반과 스팸, 그리고 라면들을 꺼내기 쉽도록 줄맞춰 늘어놓았다.

두식은 내용물을 다 비운 봉지를 접어 정리해둔 다음 수건을 찾아 들었다. 그리고 두영의 방으로 들어가 수건으로 눈을 가렸다. 두껍게 가려진 두 눈은 한치 앞도 볼 수 없었다. 두식은 가늘게 숨을 내쉬며 자리에서 일어섰다. 그리고 방향을 가늠하며 걷기 시작하자 보이지 않는 것에 익숙하지 않은 몸이 균형을 잡지 못하고 휘청거렸다.

두식이 허공에 손을 휘휘 저으며 두영의 방 문고리를 잡았다. 그리고 문을 열고 나오면서 다른 손으로 벽을 짚고 동선을 떠올렸다. 머릿속에는 생생하게 집 안의 모습이 펼쳐지는데 발을 내딛을 때마다 온몸이 경직되는 느낌이 들었다. 한발 한발 내딛을 때마다 어두운 동굴 속을 헤매는 기분이었다. 어둠에 조금 익숙해진 두식이 몇 걸음을 옮겨가기 시작했을 때였다. 단단한 벽을 향해 발을 뻗었는지 오른발에 번쩍 불이 일면서 통증이 밀려왔다. 두식이 중심을 잃고 바닥에 나뒹굴며 으윽, 신음을 흘렸다. 열이 뻗치자 두 손으로 발을 쥔 채 혼자 욕지거리를 해댔다.

두식이 수건을 이마 위로 올리고 앞을 바라보았다. 네모난 협탁이 조용히 가구의 역할을 하며 제 자리를 지키고 있었다. 두식은 아랫입술을 질끈 깨물며 고통이 가시지 않은 발을 주물렀다.

눈을 뜨고 보면 넓지도 않은 집이었다. 몇 걸음만 성큼성큼 걸어가면 현관인데 일 분도 되지 않을 것 같은 이 거리가 눈을 가리자 멀고 위험하게만 느껴졌다. 두식이 다시 수건으로 눈을 가리고 일어났다. 현관을 향해 몇 걸음 채 가지 않았는데 이번에는 날카로운 물체가 허벅지를 쿡 찌르는 느낌이 들었다.

'이렇게 부딪칠 만한 게 여기 있었던가?'

두식이 갸웃거리며 다시 수건을 풀고 고개를 내려다보자 식탁 모서리가 눈에 들어왔다. 두식은 모서리에 허벅지를 가져다 댄 적이 없으니 식탁 모서리가 위험한 장애물이 될 거라고는 생각해 본 적이 없었다. 두식이 인상을 찡그리며 고개를 돌려 현관을 돌아보았다. 가슴 깊은 곳에서 한숨이 터져 나왔다.

처음 목표한 대로 눈을 가리고 현관까지 도착한 두식이 반대로 몸을 돌려 두영의 방까지 돌아왔다. 두 번째는 적응이 되었는지 이전보다 수월하게 다다른 것 같았다. 그런데 벽을 짚으며 두영의 방으로 생각되는 문을 잡고 여는 순간이었다. 도착이라고 생각한 찰나 발가락이 문지방에 걸린 두식이 앞으로 쏟아지며 두영의 방으로 공처럼 굴러 들어갔다. 바닥에 혼자 처박힌 두식은 어이가 없다는 얼굴로 수건을 거칠게 풀어 헤쳤다. 아무 생각 없이 보기에는 어딘가 썰렁한 집이라고 생각했는데, 보이지 않으니까 온천지가 장애물이었다. 가만히 자리를 지키는 가구들이 죄다 흉기처럼 느껴졌다. 두식은 주저앉은 채로 부딪친 곳들을 바라보며 머리를 굴리기 시작했다.

몇 시간이 지났을 때 집 안은 예전과 미묘하게 달라져 있었다. 우선 동선에 거슬리는 협탁이 사라져 있었고 식탁 모서리는 뾰족한 네모에서 둥근 모서리로 바뀌어 있었다. 그리고 두영의 방문턱이 원래 없던 것처럼 사라져있었다. 일을 마친 두식이 뿌듯한 얼굴로 소파에 걸터앉았다. 그러자 배에서 요란한 소리가 나며 허기가 밀려왔다.

전화로 짜장면을 주문한 두식이 어지럽게 벌려진 쓰레기를 한곳으로 모아 치우기 시작했다. 눈을 감고 가볍게 걸어보면서 발이나 다리에 걸리는 것들이 있는지 다시 확인해 보기도 했다. 온몸이 땀으로 흥건하게 젖어들었다. 허리를 편 두식이 개운한 얼굴로 숨을 고르는데 초인종 소리가 들렸다.

문을 열어주자 배달원이 짜장면을 현관에 내려놓으며 고개를 푹 숙였다. 두식이 건네는 돈을 받아 재빨리 마당으로 나가는 배달원을 보고 두식은 눈을 반짝거렸다. 낌새를 눈치 챈 배달원이 경보를 하듯 더 빠른 걸음으로 마당을 가로지르는데 두식이 앞을 막아서며 고개를 슥 디밀었다.

"전도사님, 이제 짜장면 배달 하나?"

"치킨보다 시급이 셉니다. 핫타임에 한 그릇은 배달시키지 맙시다. 그런 게 보이지 않는 아름다운 약속 아닌가?"

두식에게 정체를 들킨 대창이 체념한 얼굴로 퉁명스럽게 말했다. 두식은 할 말은 다 하고 보는 대창을 보며 어이가 없다는 듯이 웃음을 터뜨렸다. 대창이 그럼 이만, 하고 인사를 하고 대문을 열고 나가려는데 두식이 팔을 붙들었다.

"한 젓가락 할 텨?"

대창은 어느새 집 안에 들어와 헬멧을 아무데나 벗어두고 짜장 면발을 후루룩 입 안으로 집어넣고 있었다. 정작 배달을 시킨 두식은 속이 메스꺼워 물만 벌컥벌컥 들이켰다. 두식이 전도는 어쩌고 배달이냐고 묻자 볼이 터질 듯 짜장면을 집어넣고 우걱우걱 씹던 대창이 열을 내며 말했다.

"교회도 기업이거든! 대졸 아니면 뽑지도 않아. 대형 교회는 삼성보다 연봉 좋다니까? 잘만 버티면."

"그래서 신학대 갔다고?"

"자격이 신학대 졸업자니까. 내가 딱 갔지. 신학대."

대창이 빠른 손놀림으로 젓가락질을 하며 대답했다.

"니가 목사가 된다고? 억울해서 어떻게 죽니, 내가."

두식이 허공에 혀를 차며 한탄했다.

"어쨌든 휴학했으니까 억울해하지 말고 죽을 때 되면 잘 죽……."

대창이 말을 자르듯이 옆에 놓인 핸드폰이 요란하게 울렸다. 화면을 보니 짜장면 가게에서 걸려온 모양이었다. 대창이 잠시 머뭇거리며 고민하다가 통화 버튼을 눌렀다. 고개를 끄덕이며 대답을 하던 대창의 얼굴이 점점 냉랭하게 변했다. 전화를 끊고 나자 대창이 다시 힘차게 젓가락질을 시작했다.

"안 가냐? 배달 와서 다 처먹고."

두식이 눈치를 보며 물었다.

"맥주 있나?"

대창이 주변을 두리번거리다가 시원하게 트림을 하며 말을 이었다.

"나오지 말라네?"

두식이 골 때린다는 듯이 고개를 저었다. 그리고 냉장고를 열어 맥주를 꺼내주었다.

문득 두식은 대창에게 부탁을 해야겠다는 생각이 들었다. 모든 일을 혼자서 정리하기에는 시간이 얼마 남지 않았고, 무엇보다 몸 상태가 급격히 나빠지고 있었다. 조금만 움직여도 숨이 차올랐고 시도 때도 없이 극심한 고통이 밀려들었다. 두영이 혼자 남겨질 때를 대비해서 생각해둔 일을 하려면 다른 사람의 도움이 필요했다. 두식은 맥주를 마시며 남은 짜장 양념을 야무지게 입에 털어 넣는 대창을 물끄러미 응시했다.

다음날 두식은 삽을 준비해두고 대창을 불렀다. 대창은 갑자기 마당에서 삽질을 시키는 두식을 향해 볼멘소리를 하면서도 다부진 자세로 삽을 잡고 땅을 파기 시작했다. 두식은 주변에 쭈그리고 앉은 채 입으로 연신 훈수를 두었다. 대창은 힘들게 삽질을 하는 것보다 두식의 잔소리가 더 듣기 싫어서 인상을 찡그리며 말을 돌렸다.

"두영이? 그 친구가 능력이 출중한 청년이네. 국가대표라니."

두식은 점점 깊어지는 구덩이를 보며 말했다.

"더 파야지. 태풍 오면 넘어 간다구."

"일당 주는 겁니다. 안 주면 노동부에 전화할거야."

대창이 두식을 향해 단호한 목소리로 말했다. 그러자 두식은 엉뚱한 소리를 했다.

"가끔 후라이 하나씩 해서 묻어줘라."

"참나. 좋은 거름이 얼마나 많이 나오는데 후라이를 줘? 나

먹을 후라이도 없네요! 그런데 매실나무는 왜 심어요? 따서 팔라고?"

대창이 팔에 힘을 주고 동작을 반복하며 물었다. 그러나 두식은 대답이 없었다. 눈에 힘을 주고 파낸 땅을 보고 있던 대창이 문득 고개를 들어 두식을 돌아보았다. 얼굴이 창백하게 질린 두식이 땅바닥에 쓰러져 몸을 웅크린 채 고통스러워하고 있었다. 갑작스러운 상황에 놀란 대창이 삽을 내팽개치고 두식에게 다가가 상태를 살폈다. 얼굴이 험하게 일그러진 두식은 얼마나 아픈지 신음조차 제대로 내지 못하고 있었다. 그저 온 힘을 다해 몸을 웅크려 온몸에 퍼진 고통을 조금이나마 줄이려는 것 같았다. 하지만 벌써 두식의 정신은 혼미해지고 있었다.

대창이 당황해서 자신의 몸을 더듬거리며 휴대폰을 찾았다. 화면을 보며 112에 전화를 걸자 금세 응답이 들려왔다.

"112죠! 구급차 좀 보내주세요! 네? 아……."

대창이 어쩔 줄 몰라 하며 전화를 끊었다. 통화내용을 들은 두식이 희미한 목소리로 신음처럼 욕지거리를 했다.

"병신아."

두식의 반응에 대창이 다시 돌아보며 외쳤다.

"형님!"

"119……."

두식은 간신히 눈을 뜨고 대창을 응시했지만 이내 엄습하는 고통으로 눈가를 찡그렸다. 온몸이 불길에 휩싸인 것처럼 느껴지는 강렬한 통증에 두식은 정신이 아찔했다. 숨을 쉬는 것조차 힘겨웠고 온몸이 덜덜 떨리면서 제멋대로 움직이는 듯한 착각이 일었다. 몸을 제어하려고 애쓸수록 깊고 어두운 나락으로 추락하는 기분이었다.

대창은 휴대폰에 다시 번호를 누르기 시작했다. 이번에는 제대로 119를 누르고 있었다. 두식이 그런 대창을 보고 힘겹게 숨을 몰아쉬며 말했다.

"부르지 마. 답 없어."

대창이 갈팡질팡하는 얼굴로 두식의 얼굴을 살폈다. 비 오듯 땀이 쏟아지는 두식의 얼굴은 핏기가 사라져 유령처럼 보일 지경이었다. 두식은 이를 악 다물고 거칠게 숨을 몰아쉬며 괴로워했다. 대창은 갑자기 심각한 증상을 보이는 두식을 보며 대체 무슨 일인지 영문을 모르겠다는 얼굴이었다.

날이 화창한 오후 두식은 시계를 들여다보며 발걸음을 재촉했다. 이천 장애인 선수촌 안으로 들어서자 고즈넉한 풍경과 함께 신선한 공기가 느껴졌다. 멀리 신이 난 얼굴로 배낭을 메고 나오는 두영이 눈에 들어왔다. 스틱으로 주변을 짚는 두영의 동작에는 어색함이 없었다. 장난기가 발동한 두식이 두영의 뒤로 돌아 까치발을 들고 슬그머니 접근했다. 두영을 깜짝 놀라게 해줄 생각이었다.

두영이 손에 닿을 듯 가까워졌을 때였다. 냅다 소리를 지르려는 순간 두식의 머리 위로 휙 스틱이 날아들었다. 도리어 깜짝 놀란 두식이 뒤로 물러나며 어안이 벙벙한 얼굴을 했다. 심장이 빠른 속도로 뛰었다.

"나 귀 완전 밝아! 놀랐지!"

두영이 몸을 돌려 두식을 바라보며 환하게 웃었다. 그러자 두식이 팔로 두영의 목을 감으며 장난을 받았다. 둘이 요란을 떨며 재회를 하고 있는데 수현이 다가왔다.

"형님 오셨네!"

수현이 반가운 기색으로 말했다.

"와, 우리 코치님은 스포츠가 체질이네. 이뻐진 거 봐."

두식의 칭찬에 기분이 들뜬 수현이 웃으며 말을 이었다.

"가시죠. 태워 줄게요."

"다음에 나 없을 때 태워다 줘요."

"호의를 매번 무시하는 건 저의가 있는 건가. 대사는 좋다."

두영은 둘이 또 시작이라는 표정으로 몸을 돌리며 인사말을 했다.

"월요일날 봬요."

"가자."

두식이 맞장구를 치듯 두영의 어깨에 손을 올리고 함께 돌아섰다. 혼자 남겨진 수현은 입을 비죽이며 어깨를 으쓱했다. 다정한 모습으로 선수촌을 빠져나가는 둘의 모습이 점점 멀어졌다.

이천 시외버스 터미널에 도착한 두식은 더 이상 안 되겠다는 표정으로 두영을 세우고 입을 열었다. 갑자기 밀려오는 고통에 현기증이 일고 있었다. 다리가 점점 떨리면서 온몸에서 피가 빠져나가는 듯한 느낌이 밀려들었다. 두식이 이를 악 다물며 버티고 섰다. 그리고 두영에게 혼자 집으로 가야한다는 이야기를 했다. 자신을 데리러온 줄 알고 있었던 두영이 갑작스러운 말에 인상을 찌푸리고 불만이 가득한 기색을 보였다. 집까지 거쳐 가야 할 낯선 길에 대한 두려움을 떠올리자 눈동자가 불안하게 흔들렸다.

"싫어. 커피숍에 데려다 줘. 기다릴게."

두영이 가늘게 떨리는 목소리로 투정을 부렸다.

혼란스러워 하는 두영의 얼굴을 보며 두식이 주먹을 불끈 쥐었다. 손톱이 살을 파고들며 깊은 자국을 만들었다. 속에 불을 놓은 듯 몸이 타들어가는 느낌이 거세지고 있었다. 두식이 천천히 숨을 몰아쉬었다.

"아니, 형이 다시 이쪽으로 못 와. 안 와. 형이랑 많이 다녔잖아. 지 혼자 막 다니고 그러더만."

덜컥 숨이 막혔다. 두식은 더 이상 대화를 나누었다가는 두영이 자신의 상태를 수상하게 열길 것만 같았다. 팔다리가 저리면서 후들거렸다. 당장 바닥에 드러누워 뒹굴고 싶은 심정이었다. 두식이 정신을 집중하려는 듯 고개를 흔들며 말을 이었다.

"먼저 집에 가 있어. 형이 급한 일 끝나고, 후……. 갈게."

두영은 이렇게 먼 곳에서 혼자 집으로 돌아간 적이 없었다. 집 안에서도 부딪치고 구르기 일쑤인데 대체 어떻게 집까지 찾아가라는 건지 원망하는 빛이 가득했다.

"싫다고. 혼자 어떻게 가!"

두식의 사정을 알 리 없는 두영이 성질을 버럭 내며 소리쳤다.

"모르면 물어 보면서 가. 착한 사람들 많아."

두식이 어르고 달래듯 말했다.

"택시 태워줘. 집 앞에 내리게."

두영은 두식이 있는 방향으로 시선을 쏘아보며 말했다.

"평생 택시 탈래? 형 있을 때 연습해."

"못 가. 혼자 못 간다고!"

열이 오르는지 두영이 악을 쓰며 외쳤다. 주변을 지나는 사람들이 둘을 힐끔거렸다. 두식은 땀을 흘리며 덜덜 떨리는 허벅지를 손으로 쥐어뜯었다. 눈앞이 핑 돌며 어지럼증이 일자 저절로 상체가 앞으로 숙여졌다. 지금 보내지 않으면 두영을 앞에 두고 쓰러질지도 몰랐다. 그러면 사람들이 모여들 테고 두영이 상황을 알게 될 것이었다. 두식은 이제 막 새로운 도전을 시작한 두영에게 시련을 안겨주고 싶지 않았다.

두식이 입술을 꾹 깨물자 혀에 비린 피 맛이 돌았다. 숨을 조용히 몰아쉬는 것도 한계였다. 다급해진 두식이 버럭 화를 냈다.

"니가 애야! 내가 언제까지 너만 따라다녀, 새끼야!"

순간 두영의 얼굴이 일그러지면서 울음이 가득해졌다. 갑자기 자신을 버려두고 가려는 형이 서운해 죽겠다는 얼굴이었다. 무슨 생각이 스치는지 눈가가 파르르 떨리면서 어두운 기색이 번졌다. 그런 두영을 보는 두식이 가슴이 찢어질 듯 아파왔다.

두식은 손을 뻗어 두영을 달래주려다가 진동하는 것처럼 온몸이 떨리는 것을 느끼고 황급히 중심을 잡았다. 두영을 위해 해줄 수 있는 것이 아무것도 없었다.

"평생을 이렇게 살아야 돼, 너 혼자서. 이 정도는 다녀야 산다. 그래야 병신 소리 안 듣고 살아."

두식이 독한 소리를 내뱉었다. 서러워진 두영이 고개를 떨어뜨리고 굵은 눈물을 흘렸다. 두식은 한 손으로 가슴을 쥐어뜯으며 남은 힘을 다해 자세를 잡았다. 그리고 한시라도 빨리 두영을 보내야 한다는 생각으로 냉정하게 말했다.

"가. 형 늦었어. 동서울 버스 곧 출발한다고 안내 방송 나오잖아."

두영은 입을 굳게 다문 채 대답이 없었다.

"집에 도착하자마자 전화해. 무슨 일 있으면 바로 전화하고."

두식이 석상처럼 미동도 없이 굳어있는 두영의 어깨를 밀며 일방적으로 말을 이었다.

"가. 형 간다."

일부러 발소리를 내며 두영에게서 물러났다. 두식은 열 걸음 정도 떨어져 망연자실한 얼굴로 서 있는 두영을 물끄러미 바라보았다. 두영은 갑자기 사막 한가운데 떨어진 사람처럼 갈피를 잡지 못했다. 두식이 미간을 찡그리며 두영을 놓치지 않고 지켜보았다. 그리고 한 손으로 휴대폰을 꺼내 대창에게 문자를 보냈다.

한참을 우두커니 서있던 두영이 스틱으로 바닥을 짚으며 소심하게 걸음을 옮겼다. 그러나 방향을 돌리며 움직이는 버스 소리가 나자 어깨를 움츠리며 겁먹은 눈으로 사방을 두리번거렸다. 두영의 귀에는 시끌벅적한 소음과 자신을 지나치는 사람들의 목소리가 뒤섞여 들려오며 감각을 혼란스럽게 하고 있는 듯 했다. 버스터미널 한쪽으로 가 벽을 짚고 서는 두영을 두식이 계속 지켜보았다. 두식은 손에 든 스틱이 무색하게 제대로 나아가지 못하는 두영을 보고 있자니 애가 탔다. 그러나 이미 던져진 상황이었고 언젠가는 해야 할 일이었다.

터미널에 걸려 있는 커다란 전광판에서 시간을 확인한 두식이 주머니에서 약봉지를 꺼내 입안에 털어 넣었다. 물을 한모금도 마시지 않은 덕에 목에 단단한 알약들이 불편하게 넘어갔다.

두영이 두 발이 묶여 있는 사람처럼 서 있는 동안 동서울로 올라가는 버스가 출발했다. 그리고 하염없이 십분, 이십분이 흐르면서 다시 다음 버스가 시동을 걸고 움직이기 시작했다. 두식이 짜증스럽게 발을 구르며 두영을 쳐다보았다. 어딘가 홀린 사람처럼 불안하게 시선을 움직이는 두영의 손을 잡아 이끌어주고 싶은 마음이 굴뚝같았다.

버스 기사 아저씨가 다음 차를 대기시키고 승객들을 안내하는 목소리가 들렸다. 그 소리를 들은 두영이 땀을 삐질삐질 흘리며 스틱으로 바닥을 두드리며 움직이기 시작했다. 움직이는 스틱에 걸리는 것이 없는데도 진흙탕을 걷는 사람처럼 더딘 걸음이었다. 두식이 버스를 향해 다가가는 두영을 조마조마한 마음으로 지켜보았다. 버스 주변까지 걸어간 두영이 스틱에 걸리는 턱을 두드리더니 다시 움직임을 멈췄다. 자신이 서 있는 곳이 어디인지, 앞에 버스가 있긴 한 건지, 아무것도 모르겠다는 듯한 멍한 얼굴이었다.

그때였다. 지나가던 한 할머니가 걸음을 멈추고 길 가운데 멀거니 서 있는 두영을 쳐다보았다. 굳은 얼굴로 두영이 고개를 낮추고 서 있는 모습이 보였다. 두영을 마주 본 할머니가 조심스럽게 말을 걸었다.

"어디 가는 버스 타?"

두영은 아무 대답도 하지 않았다. 갑자기 들려온 목소리가 자신을 향하는 것인지도 모르는 것 같았다. 할머니가 말을 건네는 동안 더 가까이 다가가 두영을 살피던 두식이 안절부절못하며 입술을 깨물었다. 할머니는 입을 굳게 다문 채 미동도 없는 두영을 살피다가 재차 물었다.

"버스 탈 거 아니야, 학생?"

이번에도 두영은 묵묵부답이었다. 체념한 할머니가 돌아서는데 쥐어짜내듯 소리를 내어 두영이 말했다.

"동서울……."

할머니가 다시 두영을 쳐다보았다. 겨우 입을 여는 두영이 애처롭게 느껴졌는지 안쓰러운 눈빛이었다.

"나랑 같이 타. 나도 그거 타."

할머니는 두영을 데리고 벤치에 앉아 드나드는 버스를 확인했다. 그리고 동서울행 버스가 들어오자 두영의 팔을 잡아 자기 팔에 끼웠다. 두영은 낯선 사람이 어색한지 반사적으로 손을 빼내려고 움직였다. 할머니는 안심하라는 듯 두영을 토닥이며 버스로 데려갔다. 두영은 어리둥절한 얼굴로 할머니를 따라 버스까지 걸어갔다. 그리고 할머니가 등을 두드리며 버스 입구에 손을 올려주자 더듬거리며 계단을 올랐다. 두영이 주춤거리며 계단을 다 오르자 할머니도 따라 버스를 탔다. 지켜보던 두식이 깊은 숨을 내쉬며 재빨리 뒤따라 같은 버스에 올랐다.

두식은 뒷좌석으로 가 두영이 앉은 자리를 물끄러미 바라보았다. 두영은 불편한지 뻣뻣하게 고개를 세우고 있었다. 버스 기사가 동서울행 버스라고 안내하며 출발을 알렸다. 두영은 그제야 마음이 조금 놓이는지 머리를 의자에 기대고 자세를 고쳐 앉았다.

방향을 돌려 터미널을 빠져나온 버스가 도로를 달리기 시작했다. 한 시간이 지나서야 겨우 버스에 오른 셈이었다. 갈 길은 멀고 먼데 두식의 통증은 하루가 다르게 심해지고 있었다. 약을 먹고 나면 잠잠해지던 것도 이제는 쉬이 사라지지 않았다. 두식은 두영의 둥근 머리를 바라보다가 창으로 시선을 돌렸다. 바깥 풍경이 빠르게 지나쳐가며 미묘하게 모습을 바꾸었다. 시간은 쉬지 않고 흘러와 여기까지 온 것인데 어디에서인가 크게 꼬여버린 기분이 들었다. 게다가 두식에게는 꼬인 것을 풀어볼 수 있는 시간조차도 남아 있지 않았다. 두식은 앞이 보이지 않는 두영보다 더 깊은 암흑 속을 헤매는 기분이었다.

두식에게 연락을 받은 대창이 신도림역에서 기다리고 있었다. 늦은 저녁, 역은 분주하게 발걸음을 옮기는 사람들로 북적거렸고 지하철이 들어서는 거친 소음으로 가득했다. 다시 혼자 남겨진 두영은 스틱에 걸리는 벤치와 정신없이 어깨를 스치고 지나가는 사람들로 인해 휘청거리며 혼란스러워 했다. 벽에 손을 짚으며 가까스로 구석으로 간 두영이 마지못해 휴대폰을 꺼냈다. 두영이 화면에 대고 목소리로 전화를 걸자 멀지 않은 곳에 서 있던 두식의 휴대폰이 요란하게 진동을 했다.

두식을 알아보고 곁에 와 있던 대창이 화면에 뜨는 두영의 이름을 힐끗 쳐다보았다. 두식은 두영의 전화를 받지 않고 버티고 있었다. 두영은 오기가 생기는지 전화가 끊어지자마자 연거푸 다시 통화를 시도했다. 반복해서 걸려오는 전화를 보면서 옆에 있던 대창이 안절부절못했다. 스틱을 쥐고 망부석처럼 서 있는 두영과 땀을 흘리며 창백한 얼굴로 지켜보는 두식을 얼른 집으로 데려다 주고 싶었다. 보다 못한 대창이 두영을 향해 걸음을 옮기려는데 두식이 어깨를 붙잡으며 조용히 고개를 가로저었다. 대창이 무슨 의미인지 알아채고 안타까운 얼굴로 발길을 멈췄다. 아무런 전개도 없는 지루한 기다림이 이어졌다.

어느덧 전광판에는 신도림역 1호선 막차가 운행된다는 내용이 지나가고 있었다. 두영은 서 있는 것조차 지쳤는지 넋이 나간 사람처럼 의자에 앉아있었다. 모든 것을 체념한 것 같은 의욕이 없는 얼굴이었다. 막차를 타려는 사람들이 계단을 통해 뛰어오는 것을 본 대창이 두식에게 말했다.

"형님. 이제 막차인데, 내가……."

두식이 두영에게서 시선을 떼지 않은 채 단호하게 대답했다.

"갈 수 있어. 두영이 잘 갈 수 있어."

대창이 눈가를 찡그리며 두식의 얼굴을 살폈다. 멀리 앉아 있는 두영보다 훨씬 창백하고 퀭한 모습이었다.

"형님, 아무것도 안 먹고 괜찮아요?"

"미안하다. 고생하네."

"답지 않게 왜 그래."

대창은 두식이 진지하게 말하자 가볍게 혀를 찼다. 기어코 막차가 끊길 때까지 두영을 지켜보려는 모양이었다.

사람들이 모여든 역내에 안내 방송이 울렸다. 이제 곧 마지막 운행 열차가 들어온다는 내용이었다. 사람들이 서서히 시선을 모으며 스크린도어 앞에 섰다. 무표정하게 앉아있던 두영이 고개를 두리번거리며 귀를 기울였다. 두식은 두영의 행동에 온 신경을 집중하고 있었다. 멀리 지하철이 들어오는 불빛이 보이는데 두영은 일어날 생각은 하지 않고 그 자리에 그대로 앉아 있었다. 두식은 입술이 타는 것을 느끼며 마른침을 삼켰다. 그때 두영이 엉거주춤 자리에서 일어나 스틱으로 주변을 두드리며 앞으로 나아갔다. 그러나 걸어가는 방향이 어긋나는 바람에 지하철 문이 열릴 때 제대로 올라타지 못할 듯 보였다. 함께 지켜보던 대창도 답답한지 금방이라도 두영에게 달려갈 듯 몸을 움찔거렸다.

역내에 들어선 지하철이 속도를 줄이며 멈춰서는 찰나였다. 두영의 주변에 서 있던 회사원들이 비껴가는 두영을 보고 다가와 물었다.

"도와드릴까요?"

"네."

두영이 소리가 나는 쪽으로 고개를 들어 대답했다. 그러자 회사원이 두영의 팔을 가볍게 잡고 닫히려는 문을 다른 팔로 막아서며 지하철 안으로 올라섰다. 두식과 대창도 그 모습에서 눈을 떼지 않으며 지하철 안으로 발을 디밀었다. 같은 칸에 들어선 두식이 두영이 안전하게 들어서는 모습을 지켜보았다. 두영은 혼자서 버스와 지하철도 타지 못하고 하루 종일 헤매서인지 주눅이 든 우울한 얼굴이었다.

지하철이 속도를 올리며 다음 정거장을 향해 달리기 시작했다. 바닥이 덜컹거리며 흔들리는 순간 두영의 몸이 휘청거렸다. 겨우 손을 뻗어 손잡이를 붙들고 버티고 있는 두영을 보고 있는 두식의 얼굴이 금방이라도 울음이 터질 것처럼 일그러졌다.

역을 빠져나온 두영이 동네 골목에 접어들었다. 이제는 길이 익숙하다고 생각했는지 제법 걸음걸이가 가벼웠다. 하루 종일 두영을 쫓아다녔던 두식도 긴장이 풀린 얼굴로 천천히 그 뒤를 따랐다. 대창은 이게 무슨 짓인가 생각하면서도 한편으로는 안타까운 마음이 들어 두영과 두식을 번갈아 바라보았다. 이제 겨우 형제다워지고 있었는데. 씁쓸한 기분이 가슴을 스쳤다.

앞서가던 두영이 갈래길에서 문득 걸음을 멈추었다. 이제 마지막 관문이 나온 셈이었다. 고개를 갸웃거리며 감을 잡던 두영이 슈퍼에서 들려오는 뽕짝 노래에 귀를 쫑긋 세웠다. 두영은 익숙한 노래를 알아듣고 어디인지 알겠다는 듯이 고개를 주억거렸다. 그리고 이내 몸을 돌려 슈퍼를 끼고 왼쪽으로 방향을 틀었다. 그 모습을 지켜본 두식의 얼굴에 화색이 돌면서 입술이 파르르 떨렸다. 두식은 집으로 가까워지는 두영의 모습을 보며 너무 대견한 나머지 얼싸안고 소리라도 지르고 싶은 심정이었다.

집 앞 골목에 이르자 두영은 지친 걸음으로 발을 끌며 나아갔다. 한 손에는 스틱을 접어서 들고 있었고, 한 손으로는 가볍게 벽을 두드리며 자연스럽게 걷고 있었다. 하루 종일이 걸려서야 집에 도착했는데도 무사히 왔다는 사실이 기분 좋은지 콧노래까지 흥얼거리고 있었다.

두영에게 점점 거리를 좁혀가며 감정이 복받쳐 오르던 두식이 참지 못하고 달려가 와락 두영을 껴안았다. 갑작스런 포옹에 놀란 두영이 화들짝 고개를 돌렸다가 이내 형이라는 것을 알고 입술을 샐쭉거렸다. 두식이 아무 말도 하지 않고 두영을 꼭 끌어안자 잠시 두영이 숨을 죽이고 기다렸다. 하루종이 겪었던 혼란과 서러움이 복잡하게 뒤엉켜 머릿속을 스쳐지나가고 있는 듯 보였다. 그러다 문득 자신을 내버려두고 간 형이 원망스러워진 두영은 두식을 밀쳐내며 악을 썼다.

"놔! 놔! 노라고, 씨발!"

두식은 몸부림을 치는 두영을 더 세게 끌어안으며 품에서 놓아주지 않았다. 두식의 눈에도 눈물이 가득했고 울음을 참느라 목이 메여오고 있었다. 두영은 분이 안 풀리는지 팔로 두식을 때리며 악다구니를 썼다. 두식은 아무 말도 하지 않은 채 가만히 서있었다. 어느새 온몸에 힘이 빠져나가는 것처럼 동작을 멈춘 두영이 왈칵 울음을 터뜨렸다. 가까스로 버티면서 집까지 다다랐는데 두식의 품에서 무너지고 있었다. 두영은 어린아이처럼 목 놓아 우는 두영이 안쓰러워 등을 토닥이며 안아주었다. 곁에서 이 모습을 지켜보던 대창도 눈에 눈물이 가득해져 고개를 돌렸다. 밤이 늦은 적막한 골목에 두영의 서러운 울음소리가 가득했다.

집으로 들어간 두식은 지친 두영을 데려가 눕히고 마당으로 걸어 나왔다. 가슴에 단단한 돌이 박힌 것처럼 갑갑해서 담배 생각이 간절했다. 입에 담배를 물고 불을 붙인 다음 숨을 깊이 들이마셨다. 빈속에 담배 연기가 들어가서인지 머리가 핑 돌며 시야가 어지러웠다. 속이 울렁거리면서 구역질이 일었다. 결국 두식은 입에 물었던 담배를 바닥에 내던지고 짜증스럽다는 듯 발을 비벼 불을 껐다. 온몸에 전기가 흐르는 것처럼 파르르 통증이 일었다. 조만간 제대로 움직이거나 먹을 수 없을 것 같다는 불안감이 엄습해왔다.

평상에 쓰러지듯 주저앉은 두식은 절망스러운 얼굴로 머리를 쥐어뜯었다. 시간이 없었다. 정말이지 너무 없었다. 두식은 가슴이 찢어지는 듯한 괴로움에 낮은 신음을 흘렸다. 하늘에는 온통 구름이 가득해서 희미한 달빛조차 비쳐들지 않았다.

집 안으로 마른 햇볕이 따뜻하게 비쳐들었다. 두식은 불현듯 대창을 시켜 심어둔 매실나무가 떠올라 마당으로 걸어 나갔다. 평상에 앉아 다리를 걸치고 매실나무를 살폈다. 주변 흙이 섞여 마른 땅과 달리 진한 색을 띠고 있어 이제 막 심은 티가 났다. 고개를 돌려 거실을 바라보니 소파에 누워 낮잠을 자고 있는 두영이 보였다. 어젯밤 집으로 돌아오는 긴 여정 때문에 무척이나 피곤한 모양이었다. 두식이 하늘로 두 팔을 들어 올리며 기지개를 펴는데 휴대폰이 요란하게 울렸다. 수현 코치였다. 두식이 통화 버튼을 누르며 전화를 받았다.

"네."

"안녕하세요. 우리 브라질 비행기 티켓 예약 하거든요. 형님

것도 같이하면 할인 되는데."

브라질이라는 말을 듣자 두식은 여러 생각이 한꺼번에 몰려
들어 잠시 말을 잊었다. 브라질을 가기는커녕 이제 집 근처도
나가기 어려운 상황이었다. 두식이 괜히 땅에 발길질을 하며
인상을 찡그렸다.

"차 한 잔 합시다. 미녀 코치님."

수현은 두식이 선뜻 대답을 하지 않자 이상한 낌새를 느끼고
동네로 가겠다고 했다. 두식이 알겠다고 대답하며 만날 장소를
알려주었다. 더 이상 숨기기 어려운 상황이 온다면 코치에게
두영을 부탁해야만 했다. 두식이 전화를 끊고 집으로 들어가
나갈 채비를 했다.

카페에 먼저 도착한 두식은 유리 너머로 지나다니는 사람들
을 쳐다보며 생각에 잠겼다. 두영에게는 언제 알려야 하는 걸
까. 두영이 알게 된다면 경기를 중단하거나 훈련을 나가지 않
을 지도 몰랐다. 두식은 겨우 두영이 용기를 낸 일인데 자신이
걸림돌이 될지도 모른다는 걱정에 사로잡혔다.

두식이 아랫입술을 질끈 깨물며 주머니 속에 있는 약 봉지를
만지작거렸다. 너무 갑작스러운 일들이라 아직도 실감이 나지
않았다. 병원에서 죽음이 코앞에 다가왔다는 이야기를 들었던

기억은 너무 비현실적으로 느껴져서 꿈인 것만 같았다. 점점 짧은 주기로 찾아드는 극심한 통증만이 잔인한 현실을 깨우쳐 주고 있었다.

툭툭. 손으로 테이블을 두드리는 소리가 들렸다. 고개를 돌려보니 어느새 수현이 와서 반대편 의자에 앉아 있었다.

"무슨 생각을 그렇게 하고 있어요?"

두식은 수현을 말간 얼굴을 보면서 착잡한 표정을 지었다. 수현이 고개를 갸웃거렸다.

"코치님, 나는 브라질 못 갑니다."

"네? 무슨 일 있어요?"

"길게 말할 거 없으니까 바로 말할게요. 췌장암이랍니다. 삼 개월 남았다고."

수현은 두식의 얼굴을 응시한 채 그대로 굳어버렸다. 숨 쉬는 것조차 잊어버린 듯 눈만 끔뻑거리며 방금 들은 말을 이해하려고 애썼다. 미간이 점차 일그러지며 두식을 향해 뭐라고 말을 하려다 이내 입을 닫았다. 두식은 담담한 얼굴로 두영에 대한 이야기와 그간의 일들을 설명했다. 수현은 다른 나라 말을 듣는 것처럼 도통 이해가 되지 않는 얼굴이었다. 말을 마친 두식이 잠시 숨을 고르더니 진지하게 말했다.

"코치님, 우리 두영이 잘 좀 부탁합니다."

수현은 두식의 떨리는 눈가를 보다가 고개를 끄덕거렸다. 부드럽고 애처로운 감정이 뒤섞인 수현의 얼굴은 걱정하지 말라고 말하는 듯 보였다.

침묵이 흐르자 수현이 침통한 얼굴로 고개를 떨어뜨렸다. 그리고 주섬주섬 가방을 챙기더니 먼저 가보겠다는 인사를 했다. 얼떨결에 두식의 부탁에 대답을 했지만, 머릿속은 점점 더 복잡해지고 있었다. 자리에서 일어서는 수현에게 두식이 가볍게 목례를 했다.

카페를 빠져나온 수현은 얼굴에 환하게 쏟아지는 마른 햇살을 느꼈다. 솜털처럼 뭉친 하얀 구름들이 하늘에 가득했다. 어디에서 왔는지 길이 기억나지 않아 고개를 두리번거리다 무작정 오른쪽으로 걸어갔다. 생각을 해보려고 애를 썼지만 사고가 정지한 것처럼 아무 생각도 할 수가 없었다. 수현은 다리가 떨리는 것을 느끼며 숨이 가빠지는 기분이 들었다. 눈앞에 화단이 보이자 무너지듯 걸터앉았다.

수현은 구슬땀을 흘리는 두영의 다부진 얼굴과 두영에게 장난을 거는 두식의 익살스러운 얼굴이 떠오르면서 가슴이 저려왔다. 이제 겨우 만나서 가족답게 살아보려는 형제였다. 그리고 그 어느 때보다 서로에게 힘이 되어주고 있었다. 수현은 앞으로 두영을 어찌 해야 할지 몰라 고개를 숙이고 두 손으로 얼굴을 쓸어내렸다. 괴로운 표정으로 허공을 응시하는 눈빛이 불안하게 흔들렸다.

수현이 나가고 두식은 한 모금도 채 마시지 않은 커피를 내려다보았다. 뜨거운 기운이 가시지 않았는지 열기가 피어오르는 것이 희미하게 보였다. 두식은 굼뜬 동작으로 일어나 천천히 카페를 나섰다. 집으로 가려고 오른쪽으로 방향을 틀어 걸어가는데 멀리 수현이 보였다. 수현은 화단에 주저앉아 넋이 나간 얼굴을 하고 있었다. 두식은 숨은 죽이고 몸을 돌려 다른 방향으로 돌아나갔다. 집으로 돌아가는 발걸음이 한없이 무겁게 느껴졌다.

그날 밤 거실 바닥에는 옷가지들이 엉망으로 펼쳐져 있었다. 두식이 필요한 것을 순서대로 골라내고 하나둘씩 접기 시작했다. 옆에서 함께 옷을 개고 있던 두영에게 두식이 유쾌한 목소리로 말했다.

"느낌 딱 온다. 브라질. 여자는 남미거든! 쌈바 좋다!"

두영이 이미 브라질에 도착한 사람처럼 들떠서 맞장구를 쳤다.

"우리 경기 끝나고 브라질 여자 꼬셔서 놀다 오자!"

"요새끼 요거. 형이 또 글로벌이지. 브라질 언니들이 형을 딱

보잖아? 국적 바꾼다고 난리칠 거다."

"근데 영어 잘 해? 말이 돼야, 꼬시지."

"넌 그래서 하수야. 여자를 인마 이빨로 꼬시니?"

두식이 혀를 차며 고개를 절레절레 흔들었다.

"나 잘하고 싶어. 잘할 수 있겠지?"

갑자기 두영이 진지한 얼굴을 하고 두식을 향해 물었다.

"당연하지. 느낌 온다니까."

두식의 말에 힘을 얻은 두영이 눈에 힘을 주며 경기에 대한 생각을 떠올렸다. 커다란 가방 안에 정리한 옷을 집어넣던 두식이 눈치를 보며 조심스럽게 말했다.

"근데 있잖아. 형이 일이 하나 들어왔어."

"일?"

"눈치 챘겠지만 내가 완전 백수 아니냐. 근데 형 선배가 부산에 건물 하나 짓는데 나보고 오라고 하더라. 노가다 십장 이런 거지!"

두식이 과장된 목소리로 설명했다. 브라질에 함께 갈 수 없다는 이야기라는 걸 눈치 챈 두영이 동작을 멈추고 물었다.

"언제?"

"그게 이제…… 빨리, 당장 오라고 그랬지. 뭐 쌩까고 브라질 갈까? 좋잖아!"

두식이 발랄한 체하며 말했다.

"근데 고등학교 중퇴라서 취직도 잘 못하잖아."

"아 나 이 개새. 그걸 꼭 그렇게 후벼 파야 돼?"

순간 진심으로 울컥한 두식이 눈을 흘기며 외쳤다.

"이번에 가서 잘하면 직장 생기는 거야?"

두영은 무덤덤한 얼굴로 계속 말을 이었다.

"그렇지."

"하긴 직장이 있어야 장가도 가지."

두영이 이해가 간다는 얼굴로 고개를 끄덕거렸다.

"너나 잘하세요!"

두식이 어이가 없다는 듯이 발끈해서 말했다.

"그럼 브라질은 나 혼자 갔다 올게. 코치님이랑."

"괜찮겠어?"

"나 이제 지팡이 들고 잘 다녀. 시합은 뭐 내가 짱이지."

두영이 어깨를 으쓱해 보이며 여유로운 미소를 보였다. 두영
의 반응에 긴장이 풀린 두식이 허공에 발길질을 하며 장난스럽
게 말했다.

"이 교만한 새끼를 봤나. 금메달 못 따면 브라질에서 살아, 개
새끼야!"

두식이 걱정하는 것을 눈치 챈 두영이 더 환하게 웃어 보이

며 익살맞은 표정을 지었다.

"쌈바 추면서?"

"졸라 추면서."

두식이 가방에 넣은 짐들을 확인하고 남은 옷가지를 정리했다. 준비를 마치고 나니까 두영이 브라질에서 돌아올 때까지 버틸 수 없을지도 모른다는 불안이 몰려왔다. 그동안 별 일 없이 살을 붙이고 살아온 가족처럼 두영과 시간을 보내고 있을 때면 두식은 자신에게 들이닥친 불행이 거짓말처럼 느껴졌다. 그리고 왜 진작 이렇게 살지 못했을까 하는 생각에 후회가 되었다.

'가족과 함께 좀 더 지냈더라면 이렇게까지 가슴이 아프지는 않았을 텐데.'

두식은 울컥 솟아오르는 감정에 조용히 아랫입술을 깨물었다. 아직 아무것도 모르는 두영이 콧노래를 흥얼거리며 손장난을 치고 있었다. 두식은 지금 이 순간이 두영과 함께하는 마지막이 될 것 같아 두영의 모습을 오래도록 응시했다.

인천 공항은 짐 가방을 끌고 바쁘게 오가는 사람들로 북적거렸다. 브라질로 떠나는 유도대표팀 무리가 한쪽에서 주의사항을 듣고 있었다. 주변으로 다른 종목의 선수들이 지나가고 임원들도 하나둘 게이트 안으로 들어갔다.

수현은 출발에 앞서 유도대표팀을 챙기고 사기를 북돋느라 여념이 없었다. 선수들에게서 기분 좋은 긴장감이 흘렀고 수현은 그 기운을 다잡아주기 위해 분주하게 움직였다. 두영의 얼굴에도 단단한 기색이 서려 있었다. 두식이 흡족한 얼굴로 두영의 어깨를 잡고 툭툭 치며 응원을 했다. 서로 어깨를 맞대고 있는 형제를 본 수현은 두식의 말이 떠올라 입 안이 씁쓸했다.

"아무데나 싸돌아다니지 말고. 자칭 미녀 코치님 말씀 잘 듣고."

두식이 목을 가다듬고 수현을 가리키며 두영에게 말했다.

"자칭 아니거든요. 남들이 나를 그렇게 부른다고."

수현이 발끈해서 입술을 쎌쭉거렸다. 그러자 두식이 눈썹을 꿈틀거리며 일부러 슬픈 표정을 지어보였다.

"분위기 좀 타고 삽시다. 나름 공항 이별 씬이잖아."

두영이 형을 향해 고개를 들며 대화에 끼어들었다.

"부산 가서 일 잘하고 있어. 내가 와서 부산으로 갈게."

"그래. 회 한 사라 하자."

둘을 지켜보던 수현이 목까지 불쑥 올라온 말을 애써 삼키고 모호하게 말했다.

"식사를 좀 잘 해봐요. 소화 잘 되는 걸로."

"빨리 애 데리고 들어가요. 죄다 가네!"

수현이 갑자기 자신의 병에 대한 이야기를 꺼낼까봐 덜컥 겁이 난 두식이 주변을 가리키며 목소리를 높였다. 수현은 두식에게 시선을 돌리지 못하고 불안한 듯 쳐다보았다. 두식은 걱정하지 말라는 듯이 고개를 끄덕이며 수현에게 눈짓을 보냈다. 두영이 경기에 집중할 수 있도록 하려는 마음을 이해한 수현이 두영을 잡아끌었다.

"야, 형 울겠다. 빠이빠이 하고 들어가자."

"갔다 올게."

두영이 두식이 있는 방향을 향해 고개를 두리번거리며 인사했다. 그 모습을 지켜보던 두식의 얼굴에는 서글픈 기색이 번졌다. 두식이 마지막으로 손을 뻗어 두영의 손을 꼭 잡았다가 놓았다.

"들어가."

수현은 두영을 데리고 선수들이 대기하고 있는 곳으로 움직였다. 두영은 힘없는 두식의 목소리가 마음에 걸리는지 자꾸만 뒤를 돌아보며 머뭇거렸다. 두식은 팔을 번쩍 들어 흔들면서 계속 인사를 했다. 두영이 볼 수 없다는 것을 알면서도 시야에서 완전히 사라질 때까지 응원을 멈추지 않았다.

두영이 없는 집은 어색할 정도로 넓고 허전하게 느껴졌다. 며칠 사이 부쩍 얼굴이 수척해진 두식은 간단한 끼니로 허기를 달래고 거실 소파에 늘어졌다. 외출을 하기에는 몸 상태가 걱정스러웠고, 집에 있자니 딱히 할 일이 떠오르지도 않았다. 한참을 멍하니 앉아있던 두식이 자리에서 일어나 두영의 방으로 향했다. 문을 열자 답답한 공기가 훅 끼쳐왔다. 두식이 커튼을 걷고 창문을 활짝 열자 상쾌한 공기가 쏟아졌다.

두식은 침대 위에 소용돌이 모양으로 엉켜있는 이불을 털어내면서 본격적으로 청소를 시작했다. 책상에 어지럽게 늘어져 있는 물건들을 정리하고 쓰레기통에 가득 찬 휴지를 비워냈다. 다음으로 옷장을 열자 두서없이 걸려있는 옷들과 바닥에 아무렇게나 뭉쳐있는 옷가지들이 눈에 들어왔다. 두식이 팍 인상을 쓰며 엄지손가락과 집게손가락을 이용해 옷 한 벌을 들어올렸다. 그리고 코를 킁킁거리며 냄새를 맡으며 짜증스럽게 중얼거렸다.

"빨 거면 내놔야지. 아 새끼."

재빠른 동작으로 옷장 안에 있는 옷들을 꺼내던 두식은 구석에 처박혀있는 물건을 발견하고 동작을 멈추었다. 어두운 그림자 때문에 형태만 보였지만 분명 기타였다. 두식이 손을 뻗어 기타를 꺼내자 청테이프로 여기저기 이어진 부분이 드러났다.

순간 두식의 머릿속에는 고등학교 시절 내내 끼고 살았던 기타가 떠올랐다. 그리고 집을 나가던 날 그 기타를 거세게 걷어찼던 일도. 벽에 부딪쳐 처참하게 부서졌던 그 기타는 청테이프에 의지해 간신히 제 모양을 유지하고 있었다. 두식은 형이 집으로 돌아올 거라고 생각하며 기타를 고쳐두었을 두영을 생각하자 가슴이 뭉클했다. 눈가가 붉어진 두식이 눈을 감고 기타를 힘주어 잡았다. 예전 기억들이 떠올라 향수에 젖기 시작한 두식은 자리에서 일어나 침대에 걸터앉았다.

두식은 희미한 기억을 더듬으며 자세를 잡고 기타 줄을 부드럽게 튕겨보았다. 기타 음색이 방 안에 울려 퍼지면서 고운 소리를 냈다. 귀에 감겨드는 기타 소리에 두식의 얼굴은 부드러운 미소가 번졌다. 기타를 이리저리 살펴보던 두식이 조율 장치를 만지며 음을 맞추고 수없이 연주했던 곡을 떠올렸다.

처음에는 손가락이 더디게 움직이며 머뭇거리는 듯 했지만, 시간이 지나자 손에 남아있던 기억이 되살아난 것처럼 익숙하게 연주하기 시작했다. 어느새 눈을 감고 연주를 즐기기 시작한 두식이 홀로 방 안에 앉아 기타를 치며 노래를 흥얼거렸다. 잠시 모든 고통을 잊은 듯 평온한 얼굴이었다.

브라질 리오 경기장에서는 이제 막 두영의 경기가 끝나고 있었다. 외국인 선수를 한판으로 깔끔하게 넘긴 두영이 유니폼을 고쳐 입으며 다부진 얼굴로 서있었다. 바닥에 있던 상대선수도 자리에서 일어나 유니폼을 정리했다. 그리고 안내인의 도움을 받아 마주서고 심판의 사인에 맞춰 예의바른 인사를 건넸다. 상기된 얼굴로 경기를 지켜보던 수현이 매트에서 내려오는 두영을 맞이했다.

　"잘 했어. 깨끗하게 넘겼어."

　두영이 수현의 목소리가 들려온 방향을 향해 눈짓을 하며 익살스럽게 말했다.

　"좀 섹시했죠?"

　수현은 못 말리겠다는 표정으로 두영을 부축했다.

　"형 때문에 애 다 버렸네."

　수현의 볼멘소리에도 두영의 발걸음이 가벼웠다.

　"통화 할래요."

　수현과 함께 경기장을 빠져나가던 두영이 문득 형을 떠올리고 말했다.

"그래. 자랑하자."

수현이 고개를 끄덕이며 두영을 선수촌 숙소로 이끌었다.

배정된 방에 도착한 두영은 들어서자마자 두식에게 전화를 걸었다. 신호가 길게 이어지다가 전화가 끊길 때 즈음 통화가 연결되었다. 두식이 응답하기도 전에 신이 난 두영이 물었다.

"나 오늘 8강 했어. 봤어?"

"봤지. 화면발 좀 받아, 고두영?"

수화기 너머에서 두식의 목소리가 들려왔다. 두영이 재차 말을 하려는데 소란거리는 소음이 섞여들었다. 고개를 갸웃거리며 두영이 물었다.

"부산이야?"

두식은 움찔하며 잠시 숨을 골랐다. 두영에게 전화가 걸려오던 그때 두식은 극심한 통증으로 몸을 구부리고 소파에 기대어 있는 중이었다. 폐부를 찌르는 듯한 고통이 밀려들면서 온몸이 땀으로 흥건해지고 있었다. 마침 연락을 받고 정신없이 뛰어들어온 대창이 두식을 발견하고 놀란 얼굴로 다가왔다. 두식은 재빨리 손가락을 입술에 갖다 대고 대창에게 조용히 하라는 신호를 보냈다. 눈치를 챈 대창이 안쓰러운 표정으로 입을 다물었다.

두식은 곧바로 신음이 터질 것 같아 정신을 집중하며 숨을 죽였다. 그리고 있는 힘을 쥐어짜내 겨우 목소리를 냈다.

"안 들려? 갈매기 소리 들리지?"

눈치 채지 못한 두영이 장난을 치듯 응답했다.

"여기 쌈바 음악 소리 들려?"

눈을 질끈 감고 있던 두식은 머리에 두통이 뻗치면서 정신이 아찔해졌다. 그러나 경기에 이겨 신이 난 두영을 떠올리자 엷은 미소가 스쳤다.

"구라는. 니 콧바람 소리 들린다, 새끼야."

순간 숨을 토하듯 신음이 터졌다. 재빠르게 수화기를 손으로 막고 두식은 거친 숨을 몰아쉬었다. 하루가 지날수록 고통이 더 끔찍해지고 있었다. 두식은 이런 순간마다 두영이 가장 보고 싶어 서러움이 밀려왔다. 피가 빠져나가는 사람처럼 얼굴이 하얗게 질린 채로 휴대폰을 부여잡고 있던 두식이 다정한 목소리를 냈다.

"졸리지? 잘 시간이지?"

"일하러 나가야 되지? 난 괜찮은데……."

두영이 더 통화를 하고 싶은지 말끝을 흐렸다. 두식이 두영의 마음을 알아채고 계속 말을 이어나갔다.

"나도 괜찮아. 밥……, 밥은 맛있냐?"

신이 난 두영이 이런 저런 이야기를 늘어놓기 시작했다. 두

식은 정신이 혼미해지면서도 두영의 이야기를 들으며 나지막
이 대답을 해주었다.

두식은 이제 거의 반쯤 늘어진 시체처럼 보일 지경이었다.
대창은 소파에 기절하듯 누워 간신이 응답을 하고 있는 두식을
지켜보며 안절부절못하고 주변을 서성거렸다. 통화를 기다리
다가는 곧 숨이 넘어갈 것처럼 보였다. 의식이 멀어지면서 두
식이 몸을 부들부들 떨고 경련을 일으켰다. 큰일이 날 것 같아
가슴이 조마조마한 대창이 다급한 표정으로 눈짓을 했다. 그러
나 두식은 그 조차 알아채기 어려울 만큼 상태가 악화되고 있
었다. 두식은 끝까지 버티려는 듯 이를 다물고 두영의 목소리
에 집중했다. 그러나 잠이 쏟아지듯 의식이 무겁게 가라앉으며
두식을 어둠속으로 끌어내리고 있었다.

깨끗한 벽과 청결한 병실에 하얀 옷을 입은 사람들이 드나들
었다. 대창은 낯선 얼굴로 환자복을 입고 누워있는 두식을 내
려다보았다. 지친 기색이 완연한 얼굴에 텅 빈 눈동자가 보였
다. 생각이 멈춰 버린 듯 멍한 얼굴로 허공을 바라보는 두식은
안정제에 취해 겨우 고통이 잦아드는 중이었다. 대창이 침대
옆으로 간이 의자를 끌어다 엉덩이를 붙이고 앉자 두식이 입을
열었다.

"사이비."

"아, 왜요."

"너 짱개 알바 하면, 시급 얼마 받냐?"

"왜. 해 볼라고?"

두식이 대창의 농담에 피식 웃음을 터뜨렸다. 그리고 힘없이 고개를 돌려 대창에게 대답했다.

"가오가 있지. 돌았냐? 그거보다 많이 줄게. 간병비."

"내가 돌았어? 간병하고 있게. 나도 바빠!"

대창이 발끈해서 대꾸하자 두식이 타박하듯 욕지거리를 했다.

"니가 씨발, 뭐가 바빠. 사이비가."

"사이비 소리 듣기 싫어서 제대로 해보려고 그런다. 복학할 거야."

"전도사 할라고."

두식이 기운 없는 목소리로 말하자 대창이 부끄러운 듯 시선을 피하며 입을 비쭉거렸다.

"아, 남이사!"

"해, 하라고. 일단 내 똥오줌부터 받고 잘 보내고. 그리고 해 썹새야."

두식은 반쯤 협박이 섞인 말투였다. 그러나 두식의 속내를

헤아린 대창은 괜히 손을 휘휘 내저으면서 말을 받아쳤다.

"식전에 왜 이럴까. 드럽게."

두식이 큭 웃음을 흘리며 다시 천장을 향해 고개를 돌렸다.

안정제가 한 방울씩 떨어지며 호스를 타고 두식의 몸속으로 흘러들었다. 고통이 가시자 긴장이 풀리면서 눈꺼풀이 무겁게 내려앉았다. 몽롱한 기운이 돌면서 잠이 몰려오고 있었다. 두식은 눈을 감으며 대창에게 잠겨드는 목소리로 말했다.

"알람 맞춰. 새벽에. 두영이 결승이야."

두영은 말이 끝나기 무섭게 잠이 들었다. 대창은 자리에서 일어나 두식의 가슴 부근까지 시트를 끌어올렸다. 그리고 다시 의자에 앉아 휴대폰으로 알람을 맞추었다. 깊은 새벽이면 두영이 경기가 시작될 예정이었다.

결승전이 열리는 경기장 안은 팽팽한 긴장감으로 가득했다. 이곳저곳에서 몸을 풀며 마음을 다잡는 선수들이 보였다. 수현은 경기에 앞서 두영의 상태를 확인하기 위해 다가갔다. 대기하고 있는 두영의 얼굴빛이 어두웠다. 수현이 걱정스러운 마음에 곁에 앉으며 물었다.

"왜. 컨디션 안 좋아?"

두영은 꿀 먹은 벙어리처럼 아무 말이 없었다. 표정은 분명 무언가를 깊이 생각하고 있는 얼굴이었다. 수현은 두영을 경기에 집중시키기 위해 입을 열었다.

"두영아."

"자꾸 생각이 나요."

두영이 수현의 말을 자르고 서둘러 말했다. 다급하고 불안한 말투였다. 평소 경기장에서 보아왔던 여유로운 표정은 온데간데없었다.

"뭐가."

수현이 몸을 돌려 두영을 정면으로 바라보았다.

"사고 난 그 경기."

두영이 말을 뱉는 순간 수현이 당혹스러운 표정을 지었다. 사고는 수현에게도 악몽 같은 기억이었다. 상대선수에게 넘어가 바닥에 내쳐지는 순간 깨져버린 물건처럼 미동도 없이 의식이 멀어졌던 두영을 보며 비명조차 지르지 못했었다.

수현이 입술을 질끈 깨물며 두영을 살폈다. 두영은 그 기억이 점차 선명하게 떠오르는지 가늘게 몸을 떨고 있었다. 수현이 두영의 어깨를 꼭 붙잡으며 힘찬 목소리를 냈다.

"지금까지도 잘 했어. 부담 갖지 말자."

"감독님, 나 금메달 따다 주고 싶은데. 겁이 나요. 숨을 잘 못 쉬겠어요."

두영이 괴로운 듯 인상을 찡그렸다. 점점 더 혼란에 빠져들고 있는 것 같았다.

"나 부상이라고 기권하면……."

두영이 겁에 질린 목소리로 기권을 말하자 수현은 문득 두식이 떠올랐다. 두영에게 방해가 될까봐 자신의 상태도 말하지 않은 두식이었다. 수현의 눈에 단호한 빛이 보였다. 깊은 한숨을 내쉬며 입을 열었다.

"두영아."

몸을 움츠린 두영이 움찔했다.

"기권하고 싶으면 해도 돼. 무리하지 마."

막상 기권을 해도 된다는 말을 듣자 두영은 더 혼란스러워 하는 눈치였다. 수현이 두영의 표정을 살피며 말을 이어나갔다.

"너 아직 어리고. 경기력도 좋고. 다음에도 충분히 우승할 수 있어."

말을 마친 수현이 인상을 찡그리며 고민에 빠졌다. 두식에 대한 생각이 머리에서 떠나지 않았다. 두식은 두영이 모르기를 바랐지만 이렇게 경기를 포기하고 돌아가 사실을 알게 된다면 두영이 후회할 것 같다는 생각이 들었다. 마지막이 될지도 모르는데 경기에서 우승하는 모습을 형에게 보여주고 싶지 않을까.

수현이 결심을 한 듯 말을 뱉었다.

"근데 그때는 있잖아, 형이 없어."

두영이 무슨 소리인지 모르겠다는 표정으로 휙 고개를 들었다.

"형이 없다는 게 무슨 소리에요?"

두영의 눈동자가 불안하게 흔들렸다. 수현은 마음을 다잡으라는 듯이 두영의 손을 꼭 부여잡고 말했다. 두식이 시한부 선고를 받았고, 지금은 아마 병원에서 경기를 지켜보고 있을 거라고. 충격에 휩싸인 두영은 두 손으로 얼굴을 감싸 쥐고 그 자리에 주저앉았다. 마치 깊은 구렁텅이 속으로 떨어진 사람 같았다.

경기장 건물을 빠져나온 두영은 혼자 우두커니 서서 먼 허공을 응시했다. 그동안 형과 지냈던 기억이 연달아 떠오르면서 계속 눈물이 차올랐다. 당장이라도 한국에 돌아가 형의 곁을 지켜주고 싶었다. 뒤따라 나온 수현이 팔을 잡자 두영이 말했다.

"나 갈래."

"두영아!"

"싫어. 나 갈 거야. 지금 당장 돌아갈 거야!"

감정이 격앙된 두영이 소리를 지르며 울음을 터뜨렸다. 마구 몸부림을 치며 억지를 쓰는 모습이 어린아이 같았다. 그 모습을 안타깝게 보고 있던 수현이 두 손으로 두영을 단단히 붙들고 단호하게 말했다.

"두영아. 정신 차려 봐. 너 이럴까봐 형이 그동안 말도 못한 거야. 너 지금 형한테 달려가는 게 맞는 거니? 그래? 그렇게 하고 싶으면 가자. 같이 한국 들어가자!"

머리를 쥐어뜯으며 괴로워하던 두영이 어찌 해야 할지 모르겠다는 듯이 바닥에 털썩 주저앉았다. 수현이 두영을 따라 옆에 쪼그려 앉고 두영을 다독였다.

"결승전까지 시간 얼마나 있어요?"

고개를 숙인 채 두영이 물었다.

"오 분 정도."

수현이 손목시계를 들여다보며 대답했다.

"조금만 혼자 있고 싶어요."

"그래. 좀 있다 올게."

수현이 애잔한 얼굴로 일어났다. 그리고 휴대폰을 두영의 손에 쥐어주고 먼 곳으로 걸음을 옮겼다. 그러나 두영이 마음에 걸려 자꾸 뒤를 돌아보았다.

혼자 남은 두영은 목소리를 가다듬고 휴대폰을 얼굴 앞으로 들었다.

"형."

발신자를 부르자 통화가 연결되는 소리가 들려왔다. 신호음이 이어지는 동안 두영은 심호흡을 하며 마음을 차분하게 가라앉혔다.

"나야!"

통화가 이어지자마자 두영이 밝은 목소리로 외쳤다.

브라질에서 걸려온 전화를 받을 때 두식은 침대에 기대어 앉아 대창이 펼쳐준 노트북으로 중계를 기다리고 있었다. 두영의 전화가 반가운 두식이 활기차게 대답했다.

"오 브라더!"

두식의 목소리를 듣는 순간 두영은 눈시울이 뜨거워졌다. 그러나 아무것도 모르는 척 말을 이었다.

"여기 여자들 개쩔어!"

두식은 두영의 해맑은 목소리를 듣자 가슴이 미어지는 기분이었다. 떨리는 감정을 애써 억누르며 두식이 힘겹게 말을 이었다.

"아 씨바…… 내가 갔어야 되는데."

순간 두영의 눈에서 눈물이 뚝뚝 흘러내렸다. 분명 무섭고 괴로울 텐데 아무렇지 않다는 듯이 행동하는 형을 생각하자 마음이 아팠다. 두영은 고개를 숙이고 바닥을 툭툭 차며 엉뚱한 소리를 했다.

"걱정하지 마. 내가 쌈바의 여인 둘, 번호 땄어!"

대창은 두식에게 휴지를 건네주었다. 두식의 눈에서도 참았던 눈물이 하염없이 흐르고 있었다. 휴지로 눈가를 찍어내며 두식이 붉어진 얼굴로 말했다.

"잘 고른 거 맞어? 또 삽질 한 거 아니구? 졸라 불안해 너!"

두영은 손으로 얼굴을 문지르며 눈물을 닦기 바빴다.

"장난해? 완전 쩔어."

두식은 입을 틀어막으며 신음이 터지는 것을 가까스로 참고 있었다. 휴대폰에 귀를 바짝 대고 두영의 목소리를 들으면서도 거친 숨소리가 새어 나갈까봐 스피커를 손으로 막고 있는 두식을 보며 대창이 깊은 숨을 내쉬었다. 계속 보고 있기가 힘들어진 대창이 허리에 손을 얹고 자리에서 일어나 창가로 몸을 돌렸다. 창밖으로 나무가 흔들리며 새가 날아오르는 것이 보였다.

잠시 말이 없던 두영이 다시 목소리를 높여 말했다.

"나 결승전!"

"넌 새끼야. 명심해 개새야. 금메달 못 따면 거기서 살아야 돼. 너 형이 인마, 너 입국 금지 어!"

두식이 과장된 목소리로 장난을 치듯 떠들었다. 그러자 두영이 갑자기 진지한 목소리로 다짐을 하는 말투로 대답했다.

"여기도 살만 해. 근데 나 금메달 따서 한국 가려고. 꼭 금메달 가지고 가려고."

확신에 찬 두영의 목소리를 듣는 순간 두식은 가슴에 뜨거운 덩어리가 솟구치는 것처럼 감정이 요동치기 시작했다. 두영이 한국으로 올 때까지 어떻게든 버티고 싶었다. 홀로 죽어간다는 외로움과 고통이 반복되는 순간마다 두영이 무척 보고 싶었다.

"기다려, 어! 꼭 기다려!"

스피커 너머로 간절하게 외치는 두영의 목소리가 들려왔다. 두식은 어깨를 들썩이며 오열하기 시작했다. 대창은 병실 가득 울리는 울음소리에 가슴이 저려왔다. 잠시 수화기를 멀리하고 울음을 뱉던 두식이 숨을 몰아쉬었다.

"두영아."

"어."

"빨리 와……. 보고 싶다."

두영은 무릎 사이에 고개를 묻었다. 그리고 웅얼거리듯 대답했다.

"나도."

그 순간 두식과 두영은 그 어떤 형제보다 서로에게 더 애틋해졌다. 잠시 말을 잇지 못하던 두영이 휴대폰 너머 들려오는 두식의 희미한 울음소리에 참지 못하고 물었다.

"많이 아파?"

두식은 순간 멍한 얼굴로 눈을 껌뻑거렸다. 두영이 자신이 아프다는 사실을 알게 된 모양이었다. 두식이 할 말을 잃은 채 마른침을 삼켰다.

"아프지 마라. 내가 빨리 갈게."

두영은 마치 자신이 형인 것처럼 두식을 달래고 있었다. 두식이 희미하게 웃으며 대꾸했다.

"후딱 해치우고 와. 형 좆나 아파 개새야. 너 없어서 더 아파."

두영은 통화를 마치고도 한동안 자리에서 움직이지 못했다. 우울하고 걱정스러운 감정이 한데 섞인 미묘한 표정이었다. 경기 시작을 앞두고 급히 두영을 데리러 온 수현이 핸드폰을 손에 쥔 채 침울하게 서 있는 두영을 발견했다. 수현이 안쓰러운 얼굴로 두영의 등을 어루만졌다.

경기장으로 돌아온 두영은 담담한 표정으로 매트 위에 섰다. 캐나다에서 온 상대 선수는 신장과 체격이 좋아 상대적으로 두영이 작아 보일 정도였다. 경기가 시작되기 전에 앞서 심판이 신호를 주었다. 그러자 두 선수가 가운데로 다가와 서로의 띠를 다잡으며 집중하기 시작했다. 상체를 숙인 두영의 눈빛이 날카롭게 번뜩였다. 수현은 두영의 자세를 확인하며 온 신경을 곤두세웠다. 경기 시작을 알리는 신호음이 울리자 심장이 터질 듯이 마구 뛰기 시작했다.

상대선수는 이상한 기합 소리를 내며 두영의 정신을 흩트렸다. 마치 사고가 났던 날 상대 선수가 했던 비신사적인 행동과 비슷했다.

"획, 획. 횟횟!"

입으로 내는 바람소리가 계속 이어지며 기싸움으로 번졌다. 두영이 날을 세우듯 인상을 썼다. 가까웠다 멀어지며 반복되는 소리에 두영이 상대 선수를 놓친 순간이었다. 그 틈으로 재빠르게 들어오는 공격에 밀려 두영이 바닥으로 나가떨어졌다.

수현이 땀에 흥건하게 베어드는 손을 불끈 쥐고 작전을 지시했다. 그러나 두영에게는 다시 자세를 잡으라는 외침이 들리지 않는 듯 했다. 무섭게 얼굴을 일그러뜨린 두영이 겨우 일어나 방향을 다잡았다. 한 번의 흔들림이 두영의 감각을 뒤흔들고 있었다. 캐나다 선수는 그 순간을 놓치지 않고 재빨리 연이은 공격을 시작했다. 정확한 기술이 들어왔지만 이번에는 두영이 몸을 빼며 방어를 했다. 수현이 가슴을 쓸어내리며 커다란 목소리로 다음 지시를 외쳤다. 두영의 단단한 시선이 상대 선수 너머 먼 곳을 향하고 있었다.

화면으로 경기를 지켜보던 두식은 손톱을 물어뜯으며 몸을 비틀었다. 경기장 안에 흐르는 팽팽한 기운이 병실까지 느껴지는 듯 했다. 문득 답답함을 느낀 두식이 대창을 향해 손을 내밀었다.

"담배 줘봐."

"없어요."

대창이 무신경하게 대답했다.

"있잖아!"

초조해진 두식이 대창을 쏘아보며 다그쳤다.

"끊었어. 진짜라니까."

대창은 두식의 눈치를 보면서도 덤덤한 목소리로 일관된 대답을 했다. 마지못한 두식이 콧등을 찡그리며 다시 화면으로 시선을 돌렸다.

"아씨 벌써 끊고 지랄이야."

"경기 봐, 경기."

대창도 침대에 걸터앉으며 화면 가까이 얼굴을 들이댔다.

두영이 다시 자세를 잡으며 호흡을 가다듬자 가슴 부근이 작게 부풀었다가 가라앉았다. 긴장한 기색이 느껴졌지만 무섭게 몰입하고 있는 얼굴이었다. 두영은 심판의 신호를 듣고 앞으로 걸음을 옮겼다. 아무 생각도 떠오르지 않았고, 아무 소리도 들리지 않았다. 그저 금메달을 보며 기뻐할 형의 얼굴만이 눈앞에 어른거렸다.

두영이 상대선수의 끈을 쥐면서 상체를 기울였다. 그리고 혼
잣말을 하듯 작은 목소리로 중얼거렸다.

"너 형 있냐?"

상대선수는 신경 쓰지 않는 얼굴로 몸을 움직이며 견제에 들
어갔다.

"난, 형 있다."

주문을 외우듯 말을 내뱉은 두영이 괴성을 내며 온힘으로 상
대를 몰아붙였다. 갑작스러운 힘에 밀린 상대선수가 다리에 힘
을 주고 버티며 대응을 했다. 두영은 더 날카롭게 눈빛을 세우
고 이를 악다물었다. 지금 이 기세를 몰아 전세를 역전해야 했
다. 본능적인 승부사 기질이 번뜩이며 두영의 온몸을 휘감았다.

두영이 딛고 선 발에 힘을 주고 쏟아질 듯 앞으로 몸을 기울
이며 상대 선수의 중심을 무너뜨렸다. 상대 선수가 작게 휘청
거리는 순간이었다. 두영이 두 손으로 상대 선수를 잡고 허공
으로 들어올렸다. 두영의 특기 중 하나인 메치기가 제대로 들
어가는 순간이었다. 눈 깜짝 할 사이 바닥에 내쳐진 상대 선수
가 몸에 꼿꼿하게 힘을 주고 안간힘을 다했다.

수현은 피가 마르는 듯한 얼굴로 경기장에 설치된 모니터를
쳐다보았다. 초 단위로 숫자가 바뀌기 시작하면서 마지막 혈전
이 벌어졌다.

중계를 시청하고 있던 두식은 자기도 모르게 침대 시트를 움켜쥐었다. 승리가 눈앞에 가까워져 있었다. 화면에 잡힌 상대 선수는 두영의 기술에서 빠져나가려고 온힘을 다하고 있었다. 금방이라도 두영이 밀려나갈 것 같아 가슴이 덜컹거렸다.

수현은 상대 선수의 감독을 바라보며 작전지시를 확인했다. 매트 끝으로 나가라는 사인이었다. 수현은 여기서 두영이 밀리면 상대적으로 체격 조건이 좋은 상대선수가 이길 가능성이 높아질 거라는 생각이 들었다.

"두영아 잡아! 더 넘어가면 위험해! 20! 21! 22! 23! 24, 절반! 두영아 힘내!"

수현이 두 손을 입에 가져다 대고 목청껏 소리쳤다.

상대선수는 매트 끝에 거의 다다르고 있었다. 인상을 험하게 일그러뜨리고 몸부림을 치며 손을 뻗었다. 간발의 차이로 선에 다다르지 않자 핏대가 선 얼굴로 두영을 밀어내려 애썼다. 필사적으로 버티고 있는 것은 두영도 마찬가지였다.

숫자가 늘어나는 시간이 무척이나 길게 느껴졌다. 더 이상은 한계라고 느껴진 순간 두영은 형을 떠올렸다. 그리고 탈진할 것 같다는 생각이 들었을 때 심판이 한판을 선언하는 소리가 들렸다.

패배했다는 사실에 기운이 빠진 상대선수가 그대로 힘을 빼고 늘어졌다. 두영은 자신이 승리했다는 사실이 실감나지 않는 얼굴이었다. 수현이 펄쩍펄쩍 뛰어오르며 소리를 지르는데도 두영은 어리둥절한 얼굴로 두리번거릴 뿐이었다.

화면으로 치열한 경기를 지켜본 두식이 정적을 깨뜨리며 시원하게 환호를 질렀다. 대창도 신이 나서 두식과 손바닥을 마주치며 휘파람을 불었다. 기쁨에 젖어 오두방정을 떨던 두식은 문득 조용한 화면이 이상하게 느껴졌다. 화면 가득 두영의 명한 얼굴이 보였다.

"놀랐나?"

대창도 두식을 따라 화면을 쳐다보며 말했다. 경기에서 또 부상을 얻은 것은 아닐까. 불현 듯 걱정이 들기 시작한 두식은 굳어진 얼굴로 화면 속 두영의 얼굴을 살폈다.

매트 밖에 있던 부심이 안으로 들어와 멀거니 서 있는 두영을 붙잡으려는 순간이었다. 갑자기 두영이 경기장 천장을 향해 고개를 들고 큰소리로 외치기 시작했다.

"혀엉! 형! 형!"

자리를 정리하던 관계자들과 경기장을 빠져나가던 관람객들이 놀라 두영을 쳐다보았다. 포효하는 동물처럼 울부짖는 두영의 눈에서 뜨거운 눈물이 흘러내리고 있었다. 형이라는 말 속에 모든 감정이 뒤섞여 있는 것 같았다. 그동안 집을 떠나있던 원망과 다시 돌아와 가족이 되어준 기쁨, 그리고 시간이 얼마 없다는 절망까지. 두영을 지켜보던 수현의 눈에도 눈물이 가득 고였다. 수현은 두영의 외침이 사랑한다는 말처럼 들렸다.

병상에서 물끄러미 화면을 지켜보던 두식은 가슴이 벅차오르는 기분이었다. 화면이라는 것을 알면서도 무의식적으로 손을 뻗어 노트북 화면을 쓸어내렸다. 경기장에 있었다면 전력질주로 뛰어가 잘했다고, 정말 잘했다고 말해주고 싶었다.

"아…… 씨. 아 나. 저 똘아이 새끼…… 씨……."

두식이 말을 더듬거리며 눈가를 훔쳤다. 다른 경기로 화면이 넘어갈 때까지 두식은 한시도 눈을 떼지 않았다. 바로 옆에서 들리는 것처럼 생생한 두영의 목소리가 뜨거운 열기를 뿜어내고 있었다.

♀

"첨 만져보지? 이게 금메달이야."

귀국하자마자 병원으로 달려온 두영이 두식의 옆에 붙어 앉아 재잘거렸다. 두식은 병실에서 하루가 다르게 수척해지고 있었다. 그래서 한편으로는 심하게 상한 자신의 얼굴을 두영이 보지 못하는 게 다행일지도 모른다는 생각이 들었다.

"야, 번쩍번쩍하는구만!"

두식이 두영의 말에 장단을 맞추었다.

"다 동생을 잘 둬서 이런 것도 구경하는 줄 알아."

두영이 거들먹거리며 말했다. 그러자 두식이 밉지 않다는 얼굴로 두영을 흘기며 중얼거렸다.

"교만한 새끼."

문득 두식은 두영의 옷차림이 눈에 들어왔다. 귀국하자마자 병원으로 오고 나서 내내 똑같은 복장이었다. 두식이 두 손가락으로 두영의 옷자락을 잡아당겼다.

"옷 좀 갈아입어. 남들이 졸라 가난한 줄 알잖아."

"사이비 형이 가져다 줄 거야."

두영이 일부러 큰소리로 말했다. 침대 주변을 서성이던 대창이 둘을 쏘아보며 볼멘소리를 했다.

"난 당신 형제들이 싫다. 어쩌면 나한테 그래?"

대창이 주머니에 손을 넣고 병실 바깥쪽으로 몸을 빙 돌렸다. 두식이 대창을 향해 소리를 높였다.

"어디 가!"

"두영이 목마르다잖아!"

대창이 고개도 돌리지 않고 투덜대며 복도로 빠져나갔다.

두식은 창밖으로 보이는 풍경에 시선을 돌렸다. 빽빽하게 이어진 빌딩숲이 눈에 들어왔다. 두영은 주변이 조용해지자 편하게 자세를 고쳐 앉으며 두식이 있는 방향으로 낮게 시선을 두었다. 두식은 두영이 상대선수를 허공으로 순식간에 들어 올리는 모습을 다시 떠올렸다. 그 순간을 생각하면 왠지 모르게 두영이 혼자 남더라도 씩씩하게 살아갈 거라는 안도감이 들었다.

기분이 좋아진 두식이 입꼬리를 한쪽으로 끌어올리며 두영을 향해 물었다.

"너, 브라질 여자 가슴 만져 봤어?"

"어떻게 만져. 싸대기 맞게."

황당한 질문에 두영이 말 같지도 않다는 듯이 대답했다. 두영의 반응에 장난이 발동한 두식이 혀를 차며 말을 이었다.

"답답한 소리 하고 있다. 그냥 콱 만졌어야지! 그리고 그러는 거야. 아임 쏘 쏘리 벗 알러뷰! 노래 가사도 있구만."

두식이 갑자기 엉망으로 노래를 부르기 시작했다. 두영이 고개를 절레절레 흔들다가 두식이 음 이탈 하는 소리를 듣고 웃음을 터뜨렸다. 흥에 겨운 두식도 덩달아 웃음이 번졌다.

깊은 밤 병실은 정적에 잠겨 있었다. 두영의 귓가에 잠든 두식의 규칙적인 숨소리가 들려왔다. 두영은 두식의 얼굴을 떠올려보았다. 두식이 집으로 찾아온 날은 사고가 난 이후라서 나이든 얼굴을 본 적이 없었다. 두영이 기억하는 것은 어릴 적 고등학생이었던 두식의 얼굴뿐이었다.

두영은 손을 뻗어 따뜻한 숨이 느껴지는 두식의 얼굴 가까이 가져갔다. 옆으로 누워 있는지 손바닥에는 두식의 볼이 만져졌다. 두영이 더듬거리며 두식의 얼굴을 쓰다듬자 두꺼운 눈썹과 둥근 이마, 그리고 일자로 뻗은 콧대가 눈앞에 그려졌다. 두영은 마치 손에 기억을 새기려는 듯 충분히 시간을 두며 천천히 손을 움직였다.

두영이 손을 거두었을 때 두식이 가늘게 눈을 뜨고 앞을 바라보았다. 두영이 깊은 눈빛을 하고 어두운 허공을 응시하고 있었다. 두식은 자신의 몸속에서 어두운 밤처럼 깊어지는 병색을 느끼며 배게 위로 주르륵 눈물을 흘렸다. 할 수만 있다면, 두영과 가족으로 더 오래 살고 싶었다.

병실에서 두식은 정신을 잃듯 잠이 들었다가 깨어나기를 반복했다. 시간의 경계가 점점 무너지고 하루라는 개념이 뭉그러지고 있었다. 두식은 몸과 마음이 점점 가벼워져서 이제 곧 사라질 것만 같은 착각이 일었다. 한 방울씩 떨어지는 투명한 약이 무엇인지, 시간이 이제 얼마나 남은 건지, 여러 가지 의문들이 의미를 잃어갔다. 눈을 뜨고 두영과 대창과 함께 떠들거나 농담을 나누는 일도 줄어들었다. 의식이 돌아오면 무거운 감각들이 살아나 고통스러웠고, 눈을 감으면 무덤을 헤집고 다니는 사람처럼 한없이 외로워졌다.

두식의 귀에 기타 연주소리가 희미하게 들려왔다. 몽롱한 정신으로 잠에 잠겨 있던 두식이 눈을 떴다. 흐릿한 시야가 선명해지면서 청테이프가 덕지덕지 붙어 있는 낡은 기타를 잡고 연주하고 있는 두영이 보였다. 두영은 무슨 생각을 하고 있는지 부드러운 표정으로 기타 줄을 손가락으로 튕기며 어설픈 연주를 하고 있었다. 두식은 불도 켜지 않은 어두운 병실에서 기타를 연주하는 두영을 보고 있자니 꿈인지 현실인지 구분이 잘 되지 않았다.

두식이 신음을 뱉듯 주절거렸다.

"개새. 기타 칠 줄 아는구만."

"깼어?"

두영이 움직이던 손을 멈추고 나지막이 말했다.

"근데 코드 틀렸어, 거기서."

두식은 힘겹게 숨을 몰아쉬면서도 아무렇지 않은 듯 잔소리를 했다.

"그러니까 형이 빨리 나아서 나 제대로 가르쳐 달란 말이야. 독학으로 이만큼 배웠으면 이거 훌륭한 거다, 뭐."

두영이 희미하게 웃음을 흘리며 자랑을 했다. 그러자 두식의 얼굴에도 엷은 미소가 스쳤다.

"여전히 교만한 새끼."

두영이 다시 손가락을 움직이며 잔잔한 목소리로 노래를 불렀다. 마음이 평온해진 두식이 쏟아지는 잠에 다시 눈을 감았다.

두식은 자신의 몸이 해변가의 모래 알갱이가 되어 바람에 흩날리는 것 같은 환상에 빠져들었다. 아직 해도 뜨지 않은 깊은 새벽이었지만, 곁에는 마지막을 지켜주는 두영이 있었다. 그리고 상처를 어루만지듯 잔잔하게 밀려오는 노래까지도. 눈을 감은 채 두식은 의식의 저편으로 잠겨들기 시작했다.

대창이 거실 소파에 앉아 있는 두영에게 다가가 음료를 손에 쥐어 주었다. 두영이 차분한 얼굴로 음료를 입에 대고 마시자 목울대가 움직였다. 대창이 주변을 정리하고 돌아갈 채비를 하며 말했다.

"핸드폰 단축 1번이 내 번호야. 24시 대기. 필요할 때 아무 때나 전화해. 형님이 알바비 다 계산 했으니까 부담 갖지 말고."

두영이 알겠다는 듯이 고개를 끄덕였다. 말을 마친 대창은 두영의 무릎 위에 책 한 권을 올려주었다. 양장으로 된 책은 제법 두께가 있어서 묵직한 무게가 느껴졌다. 두영이 고개를 갸웃거리며 손을 더듬고 책을 만져보았다.

"형님이 각막기증하려고 알아봤는데 네 눈은 신경이 손상된 거라 소용없다는 이야기 듣고 엄청 속상해 했어. 그러다 이거 가시기 전에 만든 거야. 주문 제작 시스템으로. 병실에서 점자 공부 열심히 하더만. 읽어 봐라."

대창은 설명을 끝내고 몸을 돌려 현관으로 나섰다. 대창의 걸음 소리가 멀어지다가 탁탁 신발을 챙겨 신고 열고 닫히는 현관문 소리가 들렸다.

혼자 남은 두영은 조심스럽게 책을 펼치고 손가락을 올렸다. 손끝이 파르르 떨리며 긴장감이 맴돌았다. 두영이 가볍게 숨을 내뱉으며 첫 페이지를 쓰다듬었다. 느껴지는 것은 얇은 종이의 질감이었다. 분명 점자책이라고 했는데 왼쪽에는 네모난 모양으로 오려진 종이가 붙어있는 것 같았다. 좀 더 손을 움직이며 테두리 밖을 살폈다. 그러자 오른쪽에는 불룩 튀어나온 점 모양의 글자들이 느껴지기 시작했다.

'종이를 설명하는 점자인가?'

두영이 미간에 힘을 주며 추측을 해보았다. 그리고 오른쪽 점자를 만지며 글자를 읽어나가기 시작했다. 얼마 지나지 않아 두영의 눈에 붉은 핏발이 서며 눈물이 가득 고여 들었다. 손가락으로 읽은 글자들이 귓가에 천천히 들려오고 있었다.

'유도 초등부 남자 단체전 청월초등학교 우승.'

두영이 만진 종이는 신문기사였다. 보이지는 않았지만 두영이 유도를 하던 초등학교 시절 우승했을 때 단체사진일 거라는 생각이 들었다. 실제로 점자책에 붙어 있는 사진에는 말간 얼굴로 해맑게 웃고 있는 어린 두영의 얼굴이 있었고 그 위에 동그라미까지 그려져 있었다.

두 번째 장을 넘기자 이번에도 왼쪽에는 신문기사가 있고 오른쪽에 설명을 써 놓은 점자가 있었다.

'유도 새싹 고두영. 삼 학년 선배들 제치고 우승.'

기사 사진에는 중학생인 두영이 더 큰 몸집의 상대선수를 제압하는 생생한 순간이 잡혀 있었다. 그리고 중등부 우승 메달을 걸고 만세를 하고 있는 도복 차림의 모습도 있었다.

'중원체고 1학년 유도 천재 고두영 거침없는 질주.'

페이지를 넘기면서 두영의 시간도 흘러갔다. 유도를 시작했을 때부터 재능을 보였던 두영을 두식이 늘 지켜보며 기사를 모으고 있었던 것이었다. 두영은 기분 좋은 설렘으로 심장이 빠르게 뛰는 것이 느껴졌다. 그동안 자신이 한 길만 걸으며 최선을 다해왔다는 사실에 새삼스레 자부심을 느꼈다. 그리고 오직 희망으로 찬란했던 어린 시절을 그리움이 번진 얼굴로 회상했다.

종이를 한 장 더 넘겼을 때 두영은 저도 모르게 눈가를 찡그렸다. 이어지는 것은 끔찍했던 사고에 관한 기사였다.

'유도 유망주 고두영 선수 부상, 실명!'

이날 이후로 두영은 세상이 뒤집힌 것처럼 모든 것이 바뀌었었다. 죽음만을 바라며 절망 속에서 의지를 잃어갔었다. 그런데 그때 나타나 손을 잡아준 사람이 형이었다. 자신을 어둠 속에서 끌어내 다시 살아가게 해준 형을 생각하자 울컥 뜨거운 덩어리가 솟구치는 것 같았다.

사고 기사 다음으로는 이번 브라질 장애인 올림픽 우승 기사가 있었다.

'장애를 넘어 진정한 국가대표로 국위 선양한 고두영.'

두영은 결국 눈물을 터뜨렸다. 경기 전 공포에 질려 기권을 생각했던 순간과 형을 떠올리며 매트 위로 올라선 순간, 그리고 상대 선수에게 승리해 금메달을 목에 거는 순간과 목청이 터져라 형을 불러대던 순간까지 영화처럼 눈앞에 생생하게 흘러갔다.

두영이 천천히 숨을 고르며 마음을 차분하게 가라앉혔다. 이제 마지막 장이 남아 있었다. 종이를 넘기고 두영이 손가락 끝으로 점자를 만졌다.

'두영아, 형이야. 나중에 형이 찾아갈게. 대신…… 가족 대표로 실컷 놀다 와. 이 개새야.'

글자만 읽는데도 두식의 목소리가 생생하게 들려오는 것 같았다. 피식 웃음이 터진 두영의 눈가에 눈물이 뚝뚝 흘렀다. 형이 너무 보고 싶었다. 점자책을 품안에 끌어안은 두영이 어깨를 들썩이며 흐느끼기 시작했다.

"형……."

혼자 남은 집에 두영의 목소리가 애처롭게 메아리쳤다. 형이라는 말에 진한 그리움이 묻어났다.

"새로 오신 팀 닥터?"

여유로운 표정으로 유도 훈련장을 서성거리던 두영이 낯선 여자 옆에 바싹 붙어 앉으며 물었다.

"네."

팀 닥터는 가까이 보이는 두영의 얼굴을 보고 수줍게 고개를 끄덕였다.

"전 유도 국대 고두영."

"안녕하세요."

팀 닥터가 달뜬 목소리로 인사를 했다. 그러자 두영은 긴 다리를 한쪽으로 휘둘러 꼬아 앉고 본격적으로 입을 열기 시작했다.

"제가 처음 시력을 잃었을 땐 하늘이 무너졌죠."

두영이 미간에 손을 올리며 고달픈 표정을 지었다. 그리고 잠시 침묵하더니 먼 곳을 향해 고개를 들고 말을 이었다.

"하. 정말 방황을 많이 했습니다. 그러나 신은 저에게 마음의 눈을 밝혀 주셨어요. 마음의 눈으로 상대의 숨겨진 아름다움을 더 잘 볼 수 있는 그런, 느낌적인 느낌?"

두영은 점점 자신의 이야기에 심취해서 손짓까지 보탰다. 지나가던 수현이 팀 닥터 옆에서 최선을 다하고 있는 두영을 발견하고 피식 웃음을 터뜨렸다. 팀 닥터는 두영의 말에 몰입하며 추임새를 넣고 있었다.

"아, 정말이요?"

서서히 넘어오고 있다고 생각한 두영이 기쁜 마음을 숨기고 진지한 얼굴로 조심스럽게 물었다.

"무례한 부탁이지만, 제가 우리 팀 닥터님 얼굴을 좀 만져 봐도 될까요? 제 손이 이제는 저의 눈이거든요."

"어머, 몰라요."

팀 닥터는 부끄럽다는 듯이 대답했지만 말과 달리 두영을 향해 얼굴을 내밀었다. 두영이 허공으로 천천히 손을 뻗는 순간, 어느새 다가온 수현이 팀 닥터에게 조용하라는 사인을 보냈다. 수현은 팀 닥터 대신 자신의 얼굴을 들이밀고 가만히 기다렸다. 아무것도 눈치 채지 못한 두영이 설레는 표정으로 수현의 얼굴을 살살 어루만졌다.

"음······."

두영은 어떤 얼굴인지 감이 잘 오지 않는지 고민하는 얼굴이
었다.

"왜요?"

수현이 음을 높여 다른 사람처럼 말했다.

"아직 신이 제게 마음의 눈을 완전히 밝혀주신 거 같지 않아
서."

도통 모르겠다는 표정으로 두영이 진지하게 말했다.

"아."

수현이 콧방귀를 끼며 대꾸했다.

"닥터님의 미모가 아주 깊숙이 숨겨져 있나 봐요. 아주 깊숙
이."

두영이 드라마에나 나올 법한 대사를 진지한 얼굴로 이어가
자 수현은 더 이상 참지 못하고 큭큭 웃기 시작했다. 당황한 두
영이 황급하게 물었다.

"지금 몇 시죠?"

"두시 반이요. 저 어때요?"

팀 닥터가 시계를 보고나서 두영을 향해 물었다. 그제야 자
신이 만진 얼굴이 누구였는지 눈치 챈 두영이 붉어진 얼굴로

일어났다.

"아 이런, 감독님 미팅을 깜박했네, 감독님!"

두영이 스틱으로 땅을 짚으며 걸어가기 시작했다. 이제는 제 집 안방을 걷듯 자연스러운 동작이었다.

수현은 두영의 뒷모습을 보며 두식을 떠올렸다. 두식이 떠난 지 벌써 2년이 흘렀다. 장례식 이후 한동안 의기소침했던 두영은 지금 누구보다 뛰어난 유도선수가 되어 있었다.

'아마 다 지켜보면서 훈수를 두고 있겠지.'

수현은 툭하면 장난을 걸고 농담을 하던 두식의 모습이 생각나자 마음이 환해지는 걸 느꼈다. 그리고 고개를 들고 청명한 하늘을 바라보며 속삭이듯 말했다. 걱정하지 말아요. 두영이 너무 잘하고 있어요. 순간 작은 새가 부드러운 곡선을 그리며 공중으로 힘차게 날아올랐다.

형

1판 1쇄 인쇄 2016년 11월 21일
1판 1쇄 발행 2016년 11월 24일

각본 유영아
소설 원보람

발행인 김성룡
교정 김은희
삽화 원보람
디자인 황선정

펴낸곳 도서출판 가연
주소 서울시 마포구 월드컵북로 4길 77, 3층 (동교동, ANT 빌딩)
구입문의 02-858-2217
팩스   02-858-2219

ISBN 978-89-6897-030-6 03810

＊ 이 책은 도서출판 가연이 저작권자와의 계약에 따라 발행한 것이므로
본사의 서면 허락 없이는 어떠한 형태나 수단으로도 이 책의 내용을 이용할 수 없습니다.
＊ 잘못된 책은 구입하신 서점에서 교환해 드립니다.
＊ 책 정가는 뒷표지에 있습니다.